雑賀孫一郎と教如

本願寺東西分派

宝照 侑
Houshou Yu

郁朋社

雑賀孫一郎と教如——本願寺東西分派／目次

主な登場人物

雑賀《さいか》（鈴木）孫一郎《まごいちろう》三郎《くんし》（僧：宝徹《ほうてつ》）……主人公
・紀伊雑賀衆の軍師。雑賀衆総大将孫一の次男。鷺森別院で育つ。
・本願寺教如と同年齢の十二月生まれ。

教如《きょうによ》……主人公（実在）
・本願寺第十二世門首。父は第十一世顕如《けんによ》。母は、如春尼《にょしゅんに》。茶人。織田信長との石山合戦後、父の意向に従わず、義絶された。
・永禄元年（一五五八）生まれ。

顕如（実在）
・本願寺第十一世。一五五四年十二歳で本願寺を継職する。一五七〇年にはじまった織田信長との戦い（石山合戦）は、八〇年の信長との和睦まで十一年にも及んだ。

雑賀（鈴木）孫一（実在）
・紀伊雑賀衆総大将。本願寺の門徒衆として、終始顕如・教如親子を支えた。

熊丸
・禁裏隠密の棟梁。孫一郎三郎（宝徹）を「若」と呼び可愛がる。

退避経路図

（『教如上人四百回忌法要記念　教如上人　東本願寺を開かれた御生涯』
真宗大谷派宗務所出版部発行掲載地図を参照）

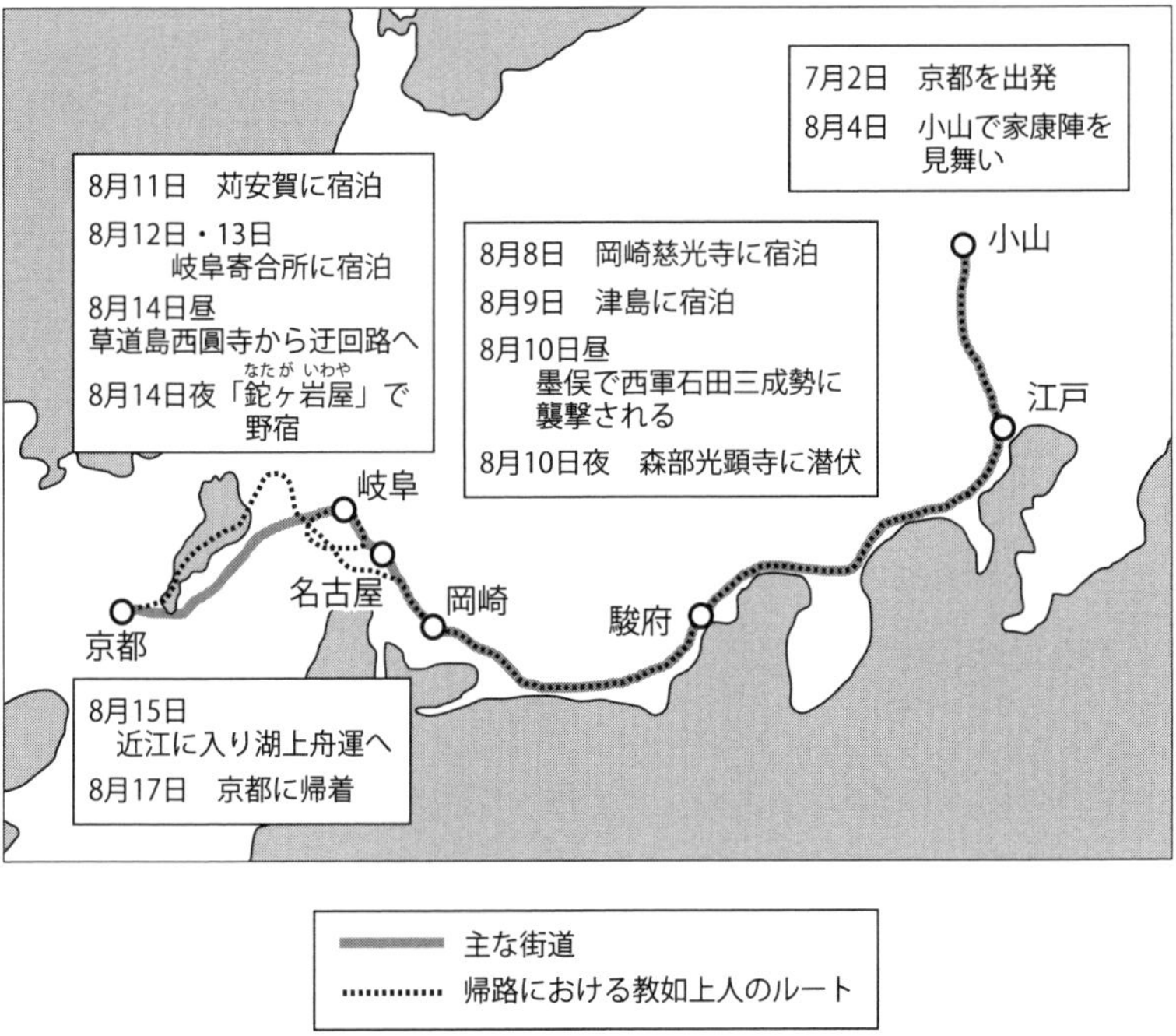

装丁／宮田麻希

雑賀孫一郎と教如——本願寺東西分派

第一章　宗門義絶、紀伊雑賀

一

本願寺《ほんがんじ》門主の顕如《けんによ》の後継である教如《きようによ》は、天正八年八月六日（一五八〇年九月十四日）に、紀伊の雑賀《さい》湊《かみなと》にいた。昼餉のあとにひと眠りをするつもりで、繋留中《けいりゆうちゆう》の船の甲板に出てきた。

六尺ある身丈と切れ長の鋭い眼差しは、威風があった。穏やかな表情に、高僧をうかがわせる人徳の高さもみられる。

教如は穏やかな波と風に揺られながら、大坂石山の本願寺と弾正大弼《だんじようだいひつ》（織田信長）との足懸け十一年の戦いに、思いを馳せていた。

ふと空を見上げると、鷗《かもめ》が船の周辺を盛んに飛んでいる。

教如は体を起こし、船縁を何度か叩いてみた。

人に慣れていない多数の魚が集まってきた。身を乗り出して、懐にあった干飯《ほしいい》を水面に少し撒いた。

餌と思ったのか、小魚が喰い付いた。その小魚を狙って、少し大きな魚も寄ってきた。

突然、鷗が、教如の近くに集まってきた魚を目懸けて飛んできた。海面に急降下を繰り返し、銀色の鱗が光る魚を次々と獲っていた。

鴎に狙われる魚が思いやられ、教如は干飯を懐に仕舞った。

雑賀衆棟梁の雑賀（鈴木）孫一の次男の孫一郎三郎が、いつの間にか教如の隣にいた。

孫一郎三郎は、雑賀軍の軍師を十三歳から担っていた。五尺六寸の鋼のような体躯で、大陸との軍《いくさ》や海戦も、先頭で戦う知力と胆力を兼ね備えていた。鋭いが、笑うと童のような人好きのする目は、こちらの心まで吸い込まれる深い鳶《とび》色をしていた。

「やれやれ、自由に泳いでおる魚も、日々が軍だな。魚も鳥も人も、毎日ひたすら同じ生活の繰り返しだ。本願寺の合戦も激しい軍で、軍兵も門徒衆も何千何万と死んでいった。だがな、真宗門徒は、死ねば誰もがお浄土にいける。『南無阿弥陀仏』と称えれば、極楽浄土は間違いなしと謂《い》われておる。俺たちに迷いはないはずだ……」

軍の間、教如も念仏往生に迷いはなかったはずだ。

十三歳から教如と共にいる孫一郎は、教如が考える内容が手に取るように分かっている。

鴎しか飛んでいない甲板に連れ出したのも、教如の向後《こうご》を共に考えるためだった。

「拙僧は、命が惜しくて石山の地から退出したわけではござらぬ。本願寺の御法《みのり》を護持するためだ。共に籠城をしていた何千人もの門徒衆もそれぞれの在所に戻ったはずでござる。石山の本願寺は全焼して、跡形も残っておらぬ。されど、顕如様が本山を鷺森《さぎのもり》に御動座された故、門徒衆の信仰は守られたと思う」

「分かっておる、教如はよく踏ん張った。ただな、弾正大弼が、本願寺をこのままにしておくと思うか。十年もの長きに亘《わた》る戦いでも、本願寺は滅亡しなかった。門徒衆にそれを支える兵力ばかりか財力もあった。弾正大弼も、向後、直ぐには手出しはしないはずだ。されど、俺が弾正大弼なら、次は教如を消すぞ」

孫一郎は、この言葉を初めて口に出した。

「やはり、そうか……。拙僧は、殺されても構わぬ。されど、顕如様や向後の本願寺が憂慮されてならぬのだ」

孫一郎は続けた。

「俺の懸念もそれよ。本願寺の顕如様と教如の親子が一体となって、弾正大弼に対した合戦は互角に戦った。弾正大弼と対した武将はほとんどが滅亡した中でだ。本願寺の強大な力は、身に沁みたはずだ。現門主に手を出せば、日本《ひのもと》中が再び戦禍を被るであろう。弾正大弼も天下布武の実現に、これ以上の手間を取りたくはなかろう。やはり、本願寺の力を殺《そ》ぐためには、教如を殺すのが一番手早いはずじゃ」

弾正大弼から、本願寺側に教如を戻さぬ力が働くとみて間違いない。

平時であれば、顕如がおる本願寺の鷺森別院を訪うに、何の支障もなかった。

だが教如は、大坂抱様《かかえざま》として石山にある本願寺に籠っていた間、顕如から義絶をされていた。その義絶は、今もって続いている。

八月二日に退去し四日に雑賀湊に着いて、すぐに使者を送った。

「顕如様に遣わしたお使者は、今もって戻らぬ。されど、憂慮《ゆうりよ》はするな！　俺がついておる！　待っておれば、吉報を携えて戻ってくる」

鷗たちも、腹が満たされたとみえる。

教如の周りにいた魚も鷗も姿を消していた。

教如の隣には、真っ黒に日焼けした孫一郎の白い歯が輝いているだけだ。

二

雑賀湊から、鷺森本願寺に教如が使者を出してから、十日が経った。

教如の表情に焦りの色が濃くなってきた。

己は顕如の後継故、請えば立ち処に許されると思っていたようだ。

だが顕如も弾正大弼の手前、『大坂抱様』だった教如を、おいそれと許すはずはない。

——顕如様も後継である教如をすぐに許しても構わぬと思われておったはずじゃ。ただ、戦闘を好まぬ門徒衆が日本《ひのもと》に半数はおる。その門徒衆が顕如様の判断を支持しておるのも事実じゃ。弾正大弼と穏健派の門徒衆への手前、教如の義絶《ぎぜつ》をすぐに解除するは、叶わぬが道理。ここは俺が教如を励まし、更に本願寺の再起への奮起を促さねばならぬな。

月が青白く光る夜に、孫一郎は教如を連れて、鷺森本願寺の門前に立った。

「先日、俺は世にも珍しい炎を見たぞ。今晩辺り、今一度見ることが叶うやもしれぬ。無駄に終わるかもしれぬが、付いてきてくれ」

寺は鬱蒼《うつそう》とした森に囲まれていて、静けさに包まれていた。

突如、門横の森の方角から、ギャー、ギャーと不気味な声が聞こえてきた。

教如が驚いたように声を上げた。

「孫一郎、青白い炎の塊がこちらに飛んできたぞ」

孫一郎も無論、炎には気が付いていた。種を明かせば孫一郎が、雑賀衆鉄炮隊一番隊長の『蛍』に、今宵の裏工作を段取りした。雑賀衆は夜間に技を使うことが多い。誰もが夜目がよく効く。

「教如、あれが『青鷺火《あおさぎび》』というものぞ。鷺が青白く光って見えるだろう。見たいと思ってもなかなか見れるものじゃないぞ。俺も今宵で二度目だ。教如と共に、俺も珍しい青鷺火を目にできたわい」

「ほほう、あの青白い炎が青鷺火でござるか。拙僧は墓などによく出る『人魂《ひとだま》』は何度か目にした覚えがござる。あれが、貴い炎でござるか。いや有難い、南無阿弥陀仏、南無阿弥陀仏」

孫一郎は教如がうまく関心を示してくれたので、内心で安堵していた。

「教如、あの青鷺火は『五位《ごい》の火』ともいわれる。知っておろう？　五位なら殿上人ぞ。醍醐《だいご》天皇の御世からだそうだが、教如の向後を表しておるようだの。明日、顕如様へお目通りを願い出るが、もし目通りが叶わぬ場合でも、憂慮いたすな。今上帝が見捨てずに必ずや、気働きをしてくださるに違いない。あの青鷺火は、左様な事柄を伝えようとしておるぞ」

教如は、すべてが分かっていた。

教如思いの孫一郎は、明日の談合を前に、教如の憂慮を多少なりとも軽減しようとしていた。『瑞《ずい》兆《ちょう》の炎を見たのだから、どのような事体になろうとも、気落ちするでない』という孫一郎の思いは、口に出さぬ教如にも、充分に伝わっていた。

「孫一郎、拙僧は果報者よな。瑞兆の青鷺火を見ることができたぞ。孫一郎の段取りは大したものよな。雑賀衆は、途轍もない運も付随しておる。有難い事体ぞ」

二人とも、青鷺火が見えなくなるまで見送った。

教如の胸内には、向後の憂慮を打ち払うだけの、燃えるような紅の炎が灯された。

孫一郎も強く誓った。

――俺は、教如を必ず門主にする！　本願寺の門徒衆のためにも、負けはせぬ！

三

教如は、顕如と面会をするために鷺森本願寺の客間に通された。

二刻ほど経つが、未だに茶の一杯も出されず、周囲は静まり返っていた。

本願寺内には、門主の顕如を中心に、坊官を始め、事務方や賄方など多数の者が立ち働いている。

更に教如の父母や弟も、起居している。旧知の間柄で、誰が顔を覗かせてもおかしくはなかった。

――顕如様との面会は左様に困難な事体と成り果ててしまったか。もはや、拙僧のおる場所はこの本願寺内には微塵も残されておらぬのか……。いやいや、これはすべて弾正大弼の手前だからだ。

……昨夜の青鷺火を見せてくれた孫一郎は、かような事体を予見しておったのだ。さすれば退避《たいひ》するが、時宜であるな。

本堂と顕如が起居する書院に向かって一礼をし、念仏を称えた。そのあとは、後ろも見ずに歩いた。あと少しで総門という右手に、竜胆《りんどう》の花が一叢《ひとむら》咲いていた。先ほど植えたばかりが明白な、慌ただしい仕事ぶりだった。

――顕如様は、拙僧が竜胆の花を好んでいたとご存知だった。やはり拙僧を案じていてくださっておるようだ。有難い対応じゃ。

竜胆の前で、立ち止まって手を合せた。教如の背中で、孫一郎の声がした。

「いいか、俺の声が聞こえたら、念仏を称えて、すぐに船に戻ってこい」

教如は分かったという意味で、手早く念仏を称え船に戻った。門の前で待機していた坊官たちは、教如の様子を見て、一様に意気消沈し付いてきた。

甲板に上ると、孫一郎の穏やかな笑顔が迎えてくれた。供の者たちが船室に戻り、周囲に人がいなくなって、孫一郎が話し出した。

「やっと退避をしてきたか。俺は待ち草臥《くたび》れたぜ。ほれ、顕如様からの路銀じゃ。何を魂消《たまげ》た顔をしてるのだ」

「されど、顕如様は大層なご立腹であったはず。本願寺の誰一人として、顔を見せはしなかった……」

「当然だ。顕如様は智勇を併せ持つ御仁ぞ。私事を優先するかよ。この路銀で、弾正大弼の手から逃れてくれという意図だ」

「顕如様が仰ったのか。拙僧は俄かには飲み込めぬが……」

「憂慮するでない、この銀子《ぎんす》が顕如様のお思いを表しておる。俺は、雑賀軍の軍師だぜ。これしきの予見ができずに、大陸で稼げるかってっんだ！」

「かような銀子を、拙僧如きに恐れ多い。拙僧は、野垂れ死にしても文句がいえぬ反駁《はんばく》を、顕如様にしてきた。本願寺も軍を終えたばかりで、困窮の極みのはず。この銀子は、顕如様にお戻しくだされ。

顕如様には、拙僧へのお気持ちだけで十分でござるとお伝えくだされ」

「馬鹿野郎、顕如様の親心が分からぬか！『無駄死にさせてはならぬ。次代を担うは教如ぞ』との思いが詰まった銀子だぞ！　奥書院で顕如様は、お一人で涙ぐんでおられたぞ。俺が姿を見せると、袂から取り出した銀子を、俺に片手拝みで渡された。寺内は至る処に間者がおる。ひと言も声は発せられなかったぞ」

顕如は、教如には逢えぬと定めていた。だが孫一郎は逢いに来るはずと、人払いをして一人で待っていた。

「拙僧はなんという大馬鹿者じゃ。顕如様の思いは、拙僧に生きていて欲しいと謂われておるのじゃな？　ならば拙僧は、石に齧り付いても生き抜いてみせるぞ！」

抜けるように碧い空で、鴎が白い姿を晒して飛んでいる。

誰からも見咎められずに堂々と飛ぶ姿を、教如は初めて羨ましく感じた。

四

新月の夜半、教如たち一行は隠密裏に雑賀湊で下船した。

昨日の教如は、鷺森本願寺における顕如に面談を拒絶された。

傍からみると、格別な失望の様子が見られた。随行者から、『船を繋留したままでは、埒が明かぬ』という意見が多数となった。先行きが見通せない不安が大きい中、狭い船内では、息が詰まる。

孫一郎の案内で、雑賀衆に縁の深い『矢宮神社《やのみや》』に仮宿を頼む事体となった。

「確かに、この矢宮神社は、雑賀衆との所縁《ゆかり》は深いと謂われております。されど、浄土真宗《じょうどしんしゅう》の御曹司の教如様をお匿いする謂われもございますまい。何故、鷺森の方に身を寄せられぬのか？　当方といたせば、ご実家に身を寄せられぬ事情の御仁を、神社の我らがしゃしゃり出て匿うとは珍妙な話でございます」

と、『八咫烏命《やたがらすのみこと》』を祀る矢宮神社の宮司はきっぱりと断ってきた。雑賀衆の守り神といわれる八咫烏故、土地の有力者も頻繁《ひんぱん》に参拝がある。

当の雑賀衆が本願寺の大坂合戦後は、日本《ひのもと》中に一散《いっさん》して戦っておる。昨日までの敵であった弾正大弼の下に参じている輩も少なくはない。孫一郎もその辺りは、雑賀棟梁の孫一に謂われている。故に、太田城、中野城、雑賀城には教如を連れては行けなかった。

「面倒事に巻き込まれて、雑賀郷を危うくしたら何とする」

雑賀の長老衆に、時の権力者に反駁した教如を匿うとは、できぬ相談であった。

「拙僧は妙見山の中腹にあった炭焼小屋で、一晩だけ宿泊すると決めた。そののちは近江を経て、城《じょう》端《はな》の空勝殿に匿っていただくとする。孫一郎、憂慮するには及ばぬぞ」

教如は何事もなかったかのように、己の身の振り方を語った。

「教如、お主が思うように簡単に運ぶと思ったら大間違いぞ。お主が鷺森周辺におる間は何とかなろう。顕如様は、下手に庇っては本願寺が危ないとして、入山を拒絶された。されど、教如が殺されても構わぬとは願ってはおられぬ。何とか生き延びて、後継として立てたいと願っておられる」

「では、拙僧は如何いたせばよいのじゃ！」

温厚な常の顔の下から、父や本願寺を思う憂慮に満ちた教如の素の顔が覗いた。

「実はな、良い隠処《いんしょ》（かくれが）がある。されど、覚悟をもって挑まねば、心根《こころね》が病んでしまうような場所なのだ。そこでやってみるか？」

孫一郎は、雑賀軍の軍師として、雑賀衆に危険な行動を命令し慣れている。躊躇をしたら、一瞬の判断の遅れが、成否を分ける。延《ひ》いてはそれが、雑賀軍の生死を分ける。孫一郎は的確な判断で、今日まで雑賀衆と共に生き延びてきた。

その孫一郎は、教如の意志を何度も試した。その上で、常人では平静を保てぬ隠処を、選択しようとしている。

孫一郎からかような隠処を聞いても、教如に迷いはなかった。

「孫一郎が提案するのは、拙僧にとって常に最善の策でござる。孫一郎の策に間違いはござらぬ」

周辺の叢にいる虫たちは、二人から殺気は感じなかった。故に、虫の声が鳴り止むことはなかった。

五

月明かりの下、孫一郎は矢宮神社の杜の中を進んでいった。十八町ばかり進むと、目の前に広大な建場が出現した。

孫一郎が松明を手に持って、辺りを照らした。

「えっ、ここですか？　建場のようですが？」

「ここではないぞ。ここは目眩ましの『雑賀崎城』だ。半年前から建て始めたが、棟上は、教如殿が来たときと決めていた。この雑賀崎城は、雑賀崎沖を運行する船を見張る名目で建前中だ」

野太い声が教如の問いに答えた。

すぐに声の主は、木場の奥からゆっくりと姿を現した。背は五尺六寸の孫一郎と同じほどだ。

だが、鎧のような筋骨と真っ黒に日焼けした穏やかな顔は、紛《まぎ》れもない雑賀衆の総大将の雑賀孫一だ。

「教如殿、よくぞご無事で……」

仁王様の風体の孫一は、教如の姿を見て言葉が続かなかった。孫一から見れば、教如もやはり我が子のような存在である。顕如と共に、足懸け十一年の長きに亘り戦った同志でもある。信頼する我が子で軍師の孫一郎だけには、任せておけなかった。

「教如殿、明日からが無間地獄《むけんじごく》の始まりぞ。教如殿の隠処はこの城の向こうにある」

松明を翳して見ても、建前中の城の向こう側は、海が広がっているだけだ。

暗い海原からは、ドドッ、ドドドッ、ドドドドッと、雑賀崎城に向かって打ち寄せる波音が不気味に響いている。

暗闇の中で息を潜めていると、教如は己だけが地の底に引き摺り込まれる思いに陥った。

「今夜は、この建場の隅で寝てもらって構わぬ。されど、未明にはここを引き払い、孫一郎が先導する隠処に退避していただく。顕如様も同意されておる故、憂慮は無用じゃ。隠処での滞在がいつまでになるかは、孫一郎の判断に任せるとする。では、さらばじゃ」

ここまで話すと、孫一の姿がふっと掻き消えた。

隣を見ると、孫一郎の姿も消えていた。

六

翌日の払暁の中、教如は雀の鳴声と大きな太鼓を叩くような音で目覚めた。

昨夜は、木場の平板が積んである一角を寝床に、眠りについた記憶があった。

今しばらく微睡《まどろ》みたいと思った。だが、眼前に孫一郎の顔が大写しに入った。

「おぉ、教如は昨夜よく眠っておったぞ。お主が眠りに就いてから、俺がここに運び込んだのだ。目を覚ますのではないかと、お主の寝顔を一晩中ずーっと見ておった。昔の出来事が次々と思い出されて、退屈はしなかったぞ。さて、朝餉にするか？　支度はしてあるぞ」

教如が起き上がると、眼前には一面の海が広がっていた。

「おい、孫一郎！　隠処は城の向こう側ではなかったのか？」

「城の向こう側の崖下、十七丈にある洞窟がここよ。驚いたか？」

孫一郎の返答を聞くや否や、教如は慌てて洞窟の入り口を飛び出した。

遠く沖合には、和歌浦から漁に出た漁船が見えた。

首級《くび》を捻って崖を見上げると、絶壁の上に建前中の城の柱が微かに見えた。

崖は一面に、紀州青石といわれる緑泥片岩でできている。

強風のためか、足元近くに高波が時折ざぶーんと打ち付ける。

「ここは、奥和歌浦にある雑賀崎だ。この洞窟の上にある断崖を土地の者は『鷹ノ巣』と呼んでおる。鷹が巣を懸けるほどの断崖だ。洞窟の上の岬にある雑賀崎城が、四方を見張っておる。故に、洞窟には海側からだけが侵入口となる」

「ここなら、不意に襲撃をされる恐れもない」

教如は、嬉しそうに答えた。

「まだ利点がある。眼前に、友ケ島水道があって海流の流れは速い。運行できる船も、限られてくるぞ。和歌浦を出て浪早崎《なんばざき》を廻ればすぐだが、荒海が広がっておる。よって腕がなければここまでに至らぬ。どうじゃ、憂慮がわずかに薄れたであろう」

「確かに、鷹ノ巣窟が隠処とは、よう思案したものだ……」

急に教如の物言いが歯切れの悪いものになった。

「ここは四方が青色だ。洞窟は紀州青石だし、眼前は海の藍がかった蒼色。空は広大だが、天候にもよるが青色が取り巻く。青一色の中で一日中暮らすとは、拙僧は耐えられるであろうか？」

「教如の憂慮はもっともじゃ。俺も以前に修行と分かっておっても、この洞窟内におると気鬱の病になりかけた。憂慮から親父殿も何度も問いかけたという次第じゃ」

教如が考えこんでから、一気に話し出した。

「当面は、織田軍に嗅ぎつけられぬように、表には出ぬようにする。拙僧は性が愚鈍である故、念仏を称え続けておれば信心も定まってこよう。雑賀衆に匿ってもらえるのだ。これ以上の安心はござらぬ」

教如は、孫一郎に憂慮の念が伝わらぬように、明るい声色で礼を述べた。

「孫一郎、拙僧にとって絶好の隠処よ。孫一様にも宜しく伝えて欲しい。念仏三昧ができそうじゃ。日中は先の合戦でお浄土に還られた方々への供養をいたしたい」

「左様か、有難い。念仏三昧で過ごすと仰せとは、教如も親鸞聖人のご一統であるな。まぁ、くよくよしても詮無い故、朝餉を腹一杯、食べてくれ。向後の食事の支度は近くに住む養泉殿が万事、心得ておる」

「養泉殿には、本山でお目に懸かった覚えがある。だが、土地のお方とはいえ、如何にしてここまで参られるのかの？」

孫一郎もほっとしたのか、にかっと笑い、「幼少よりこの辺りを遊び場にしておった御仁故、幾らでも目星はあるそうな」

教如もそれを聞き、安心の色を濃くした。慣れておる御仁なら、遠慮も無用となる。

やっと大鍋に目が向いて、炊いてあった雑炊を二人で一心に食べた。

――かように美味い雑炊を食したは、久方ぶりであった。石山の地を去ってから、憂慮の念が勝っておったか、腹も空いたとは分からなんだ。

七

「教如様、今朝の雑炊は、栄螺《さざえ》の切身が入れてありますぞ。昨日のうちに家人が獲ってきてくれました。身がこりこりと固く、歯応えが堪りませんぞ。菜は間引き菜を刻んで入れました。栄螺の肝が少々苦いが、疲れが吹っ飛びますぞ」

養泉は、払暁時の薄暗がりの中で、朝餉を手早く支度をする。今朝は、教如の身体に疲れが溜まっておると見て、栄螺を具とし般若湯もつけてくれた。

「すまぬな。拙僧は般若湯が好物での……。ほんに、有難い。鋭気が満ちてくる心持ちがいたすぞ」

養泉は頷きながら、

「本山で教如様の好物が、煮豆を食しながら般若湯をちびちびと嗜むとお聞きしましたぞ。雑賀崎は、海に行けば魚などは、いくらでも獲れます。されど、大豆となると貴重での。海のもので我慢をしてくだされよ」

教如はふと、養泉が軽く腹を押さえている様子が気になった。

「養泉殿、先ほどより腹を頻りに押さえておいでだが、如何された？」

養泉は、はっと身繕いをして教如に向き直った。

「これは、朝餉の最中に申し訳ございませぬ。拙僧の寺の周辺は水が悪しき故、腹下りをする者が絶えませせぬ。拙僧も皆衆に『悪しき水は飲むでない』と、謂うて廻りますが、つい油断するとこの為体《ていたらく》。お恥ずかしい限りでござる」

やはりそうかと、教如は奥に置いてある己の行李の中を何やら探っていた。

「おぉ、あったぞ。我が本願寺に伝わる秘伝の丸薬である。一度、騙されたと思って飲んでみるがよい。明日の調子がよければ、拙僧の知る限りの伝承をしてもよい。本願寺で使用した薬草がなければ、この辺りで取れる薬草を代替とすればよいのでな。この丸薬は、水なしで飲むことができる優れものじゃ」

と、褐色で小粒の丸薬を渡しながら飲むように進めた。

翌日、晴れやかな表情をした養泉が洞窟に現れた。

「教如様、昨日いただいた丸薬は大層な効き目でしたぞ。誠に感謝の言葉もございませぬ」

「それは重畳《ちょうじょう》。雑賀でかように匿ってもらっておる身としては、土地の民のお役に立てたらと念じておる次第。拙僧が覚えておる薬草を伝承いたすが、土地で自生しておる物を揃えると広く皆に渡りましょうぞ」

まずは、げんのしょうこ（玄草、験証拠）、どくだみ（蕺、十薬）、せんぶり（千振、当薬）などは、この辺りにも自生している事実を確認した。

教如が岩に、消炭で薬草の様子を描いた。その様子に似ている草を養泉が採取してきては、教如と検討した。

教如が当地に滞在をしている事実は知れてはならない。養泉は苦労して、丸薬を試作した。常の病に苦しむ者に施薬した。その効用は口伝によって、広く民衆が知る処となっていった。

門徒衆や民衆は、教如が滞留している事実は、決して織田方に密告はしなかった。貧しい民衆が、秘伝の妙薬を伝承した教如の功徳に報いた形だった。

八

十一月に入った五日の日。浮かぬ顔をした養泉が、教如の朝餉の支度に来た。

「教如様、おはようございます。今朝方、百姓の形をした土地の者ではない輩を初めて見かけましたぞ。ここに来る前に、雑賀崎城においでの孫一郎様にお伝えいたしました。まずは大急ぎで、朝餉を召し上がってくだされ」

準備ができ、食する段に、沖合から漁船に乗って孫一郎が来た。船にはもう一人が、船頭として乗っていた。

「養泉殿の朝餉でござるか。俺もひと口、味見をさせてくれ。旨そうだな」

孫一郎が教如に、すぐにここを引き払うと語る傍らで、養泉は手早く握飯を作った。

「おぉ、さすが養泉殿は心得て、今朝は雑炊ではなく、握飯をこさえてくださった。教如は今より、俺と共に船で、阿尾浦《あおの》に退避する。そこの光徳寺に話をつけてある。この鷹ノ巣の洞窟もよい隠処であった。話は、船に乗ってする。養泉殿、世話になった」

養泉は、鷹ノ巣窟で教如を守り抜いた。

「拙僧は以前より、『腹薬《はらぐすり》』のための薬草採りをしておる。そのため、この雑賀崎周辺をあちこちしていると喧伝しておきました。教如様については、命に代えましても他言はいたしませぬ。ご安心くだされ」

教如は養泉に丁寧に礼を述べ、船に乗った。

孫一郎が直ぐに、織田軍の動きについて伝えてきた。

「鷹ノ巣窟に移って暫くしてから、教如の文を、下間按察法橋《しもつまあぜほうきょう》（下間頼龍）がお使者として、顕如様に謝罪を入れたが許可されなかっただろ。その後も、教如があちこちに『仏法を再興すべし』と文を送った事実を織田軍が掴んだとの由。『弾正大弼が再び討伐のために軍勢を出すらしい』と、畿内から紀伊に風聞が立ったのだ」

「それを聞いては、顕如様もさぞかしご立腹のご様子であろうな」

船を漕ぐ船頭の腕は確かだ。雑賀崎の鷹ノ巣窟から遠く離れた沖合に来た。洞窟は、もはや見えなくなっていた。

のんびりとした口調で話す教如に、不審を覚えながらも孫一郎は続けて語った。

「顕如様は、『教如は、弾正大弼の勘気に触れる失体《しったい》ばかりを引き起す』とご立腹のご様子であったそうな。さすがに孫一総大将も、雑賀郷で匿っておれなくなって、こたびの退避になってしもうたのだ」

孫一郎は毎日のように教如の様子を見ている。故に、白日の下で見る教如の様相にただならぬものを感じた。

「孫一郎、憂慮に及ばぬぞ。「弾正大弼は拙僧の首級《くび》を狙っておる。されど、拙僧も退避がうまくなってておるのじゃ。織田軍が何千と押し寄せようとも、大した事体にはなるまいよ」

と、薄っすらと笑いながら話す教如が、案じられてきた。

阿尾浦に着いた。

浜には、光徳寺の聖定坊が迎えに来ていた。

「教如様、かように窶れてしまわれて……。ここには、軍兵はおりませぬ。警固《けんごう》として門徒衆が何人か待機しております。皆、教如様を慕っておりますぞ」

聖定坊の呼びかけに、教如の目の力が少し戻ってきた。

「おぉ、皆衆、苦労を懸けるがよろしゅうに頼むぞ。紀伊はよい処ぞ。食べる物も美味いし、人情に溢れておる」

教如の表情が晴れやかなものに変わった。

聖定坊がにこやかに話し出した。

「この辺りで絶好の隠処を見つけましたぞ。『礒《いそ》の岩穴《いわあな》』という洞窟がありました。土地の者も、常は近寄りませぬ。あの場所なら、織田軍に見つかる事体にはなりませぬぞ」

と、伝えられたときに教如は失望の色を浮かべた。

「それまでの辛抱と心得てくれ」と話す度に、教如は力なく頷いた。

「警固衆は交代で、教如殿のお相手になって欲しい。『鈴木磐《いわ》』の辺りに船を着岸させる故、気に懸けておってくれ。十日余りになると思うが、宜しく頼む」

孫一郎は、教如を取り囲んでいる近江の長安坊と徳満坊、美濃の河野門徒衆に深く頭を下げた。

教如は、案ずるなというように青白くなった顔を何度も頷かせた。

九

十一月二十日の払暁の鈴木磐。

教如は、孫一郎が乗る船に向かって浅瀬を駆けてきた。

「孫一郎、やっと参ったか……。拙僧は、待ち焦がれたぞ」

教如の両頬には、幾筋もの涙の跡が付いている。あたかも母を待ち侘びて駆けてくる、幼子のようだ。

以前より、教如の気鬱の病が高じている危惧がある。

かような姿を、土地の者に見せられぬと、教如を直ぐに乗船させた。教如には、心が穏やかになる唐渡の秘伝の丸薬を飲ませた。

更に、お礼と口止めの懇志金を聖定坊に渡した。

「大層、世話になった。些少だが、志としてお納めくだされ」

聖定坊もほっと安堵の息を吐いた。気を張って過ごしてきたに違いない。

警固衆は、これからの道案内人となる故、一緒に乗船した。

教如は飲んだ丸薬が、早くも効いてきたようだ。甲板の隅で横になり、寝息を立てている。警固の徳満坊が、

「教如様も孫一郎様のお迎えで、やっと安心されたようですわい。常に、織田軍の影に怯えておられた。更に、顕如様からの義絶を気に病んでおられた」

石山合戦を経ても、教如は怪我もなく五体無事であった。

されど、見えぬ大きなものに、今にも圧し潰されそうになっていた。

偵察の報告に因れば、『織田軍が再討伐に、紀伊を目指している』は、誤報だった。

一旦、和歌浦に戻り、教如の体力の回復を待つ予定となる。

沖合で、教如の目が覚めるのを待っていた。

「久しぶりに、拙僧はよく眠ったぞ。あぁやっと、皆が揃ったの。夕餉には、久しぶりに栄螺を食したいのう。どうじゃ、孫一郎」

血色の良い、引き締まった常の教如の表情が戻っていた。

唐渡の秘伝の丸薬の効き目に、誰もが顔を見合わせた。

「教如様が食されるなら、栄螺には申し訳ないが、進んで殺生も厭いませぬぞ」

と、美濃の門徒衆が揃って、褌姿になった。

岩場に張り付いている栄螺を獲りに向かった。

褌姿が愉快だと、何か月ぶりかの笑い声が船内に響いた。鷹が近くにいないからか、鷗が笑い声につられて、船上を何回も旋回して飛んでいた。

第二章　諸国秘回、近江〜美濃郡上八幡

一

教如一行は、修験者の装束に身を包み、大和路を黙々と歩いていた。

他の随行者は、巡礼者や百姓、行商人などの形で、何人か纏まって近江に向かっていた。教如が目立たぬよう、装束には細工を加えていた。

「教如殿、やはりお主は、体を動かしておると、調子が良いの」

以前の洞窟暮しの様相とは、遥かに快活になった教如がいた。

「拙僧もあの頃は、先の見えぬ憂慮ばかりが心を占めておった。やはり人は、お天道様の下で日暮をせねば力が出ぬな」

大和の橿原《かしはら》を過ぎると、笠置《かさぎ》山地、布引《ぬのびき》山地、鈴鹿山地と抜けていく。

明後日の日没までに、近江の三國岳《みくにだけ》に参集する手筈となった。

教如の噂を雑賀衆が手分けして、『紀伊の山中深く潜伏』と流しておいた。修験者が山中を駆け回って修行をする。そのため、短期間で教如のいる場所を炙り出すのは至難の業と謂える。

「山中に入ったら、修験者は駆けるぞ。百姓や行商人は、早足だが決して走るなよ。形《なり》にあった動きをしないと怪しまれる故」

山中に入ってからは、移動が速くなった。

辺りが暗くなっても駆け続けた。

布引山地に入ったばかりの『火の谷』の辺りで、皆に孫一郎は小休止をとった。

「教如殿、すっかり以前の身体に戻りましたな。よくぞ駆けられた。この辺りは、火の谷と申して、川底を僅かばかり掘るだけで、湯が湧き出る場所がある。毎年その場所は、天変地異によって変異するがの。俺が見張っておる故、足だけでも浸してはどうじゃ。疲れが吹っ飛ぶぞ」

「せっかくの申し出ながら、追手から逃れたと、まだ安心はできぬ。向後、通るであろう美濃、飛騨、越前、加賀、木曾、信濃とどの方角に向かっても、湯が湧く地域ばかりじゃ。ゆったりと湯に浸かるを楽しみにしようぞ」

教如が耐えて先に進むのならと、教如一行は近江への道を急いだ。

二

東山道の柏原《かしわばら》の宿を通過し、伊吹山地に二町ほど入った地蔵堂で、教如一行は合同した。

地蔵堂内には、先発した雑賀衆が百姓衆の装束を揃えていた。蓑と笠の用意もしてあり、「向後寒さが厳しくなる折、蓑は有難い」と、皆で喜び合った。教如には、樏《かんじき》の用意もしてあった。

ここで、進路を近江に進むかと思案をした。

だが、織田軍と遭遇する機会が増すと、伊吹山地の峰を北上し美濃に出る進路を選んだ。

伊吹山地の峰を二百七十町ほど行くと、坂内《さかうち》村や藤橋村に続く『夜叉ヶ池の里』が広がる。

伊吹山は、四百六十丈の高く聳える有名な山だ。麓より遥かに早い初雪が降って以来、山頂付近に雪が見られた。檏を履くと雪に沈みはしないが、進行速度がかなり悪くなる。

「教如殿は、俺が担いでいく。美濃の門徒衆が先導を頼むぞ」

作兵衛が山道は多少慣れておる故指名され、先頭に立った。一町も歩かぬ内に、

「ぜぇ、ぜぇ……。すまねぇ、……息が続かねぇ。誰ぞ、代わってくれ」

作兵衛のすぐ後ろを歩いていた孫一郎が振り返ると、雑賀衆以外に誰もいなかった。孫一郎の歩みが速すぎて、付いてこられなかった。作兵衛は、直ぐ後ろを急かされ、息が上がってしまった。

「何をしておる！　織田方に追い付かれたら何とする！　傳妙寺に先にいくぞ」

ざっ、ざっと教如を背負って軽々歩く孫一郎を、随行者は驚嘆の目で見た。一呼吸の間に、差は広がるばかりだ。必死に喰らい付き、追った。

「拙僧を背負って歩く、孫一郎の力量は凄まじい。日頃の鍛錬の違いぞ。皆衆、泰平に構えておると、日が暮れてしまうぞ」

と、教如は驚嘆の声を上げて、周囲に呼び懸けた。

――教如の様相が憂慮されるが、この雪の中では追手は来られまい。少々浮かれておるようだが、いたし方あるまい。

死地を脱した感のある教如は、天下無双の孫一郎の背中で安心していた。教如にとって、これほど素を出せる場所は外になかった。

三

傳妙寺のお堂に、教如一行は落ち着いた。勝手口には、地域で薬草に詳しい長老も待っていた。

「教如様が、かような草深な里においでくださるとは……。長生きはするものですじゃ」

孫一郎は早速、長老を奥に招き、教如の様相を話した。

「長老殿、この教如は辛き目に遭うてな、少々気鬱の気味が強い。拙者が大陸で入手した秘薬は大層な効き目であった。だが残りが僅かじゃ。向後を考慮すると、薬草を調剤して携行していきたい。調合は可能であろうか」

教如の身体の加減を案じる孫一郎の真剣さに、長老は気良く返事をした。

「やはり、気鬱の病でございましたか。気が出ておりました。早速、整えますぞ」

孫一郎は、小行李に入れてある薬草を取り出した。

「大陸の薬師から『桂皮《けいひ》、芍薬《しゃくやく》、大棗《たいそう》、竜骨《りゅうこつ》、牡蛎《ぼれい》は持っていくがよい』と、譲ってもらった。こちらでは、甘草《かんぞう》や生姜《しょうきゅう》や葛根《かっこん》等の生薬の調合をしてもらえぬであろうかの」

「おぉ、大層珍しい薬草をお持ちでござるな。儂も昔、堺にて薬師の修業を少々いたしました。今は気楽な隠居として、伊吹山周辺の薬草作りを手伝うております」

長老は、勝手口で待っておる弟子を四人連れてきた。

一番弟子には、気鬱の薬の調合を事細かに指示した。

二番弟子には、葛根を中心とした腹薬や内臓の病に効く各種の薬の調合を指示した。

三番弟子には、傷や金瘡《きんそう》の薬の調合、四番弟子には、不足の各種薬草と艾《もぐさ》の準備を指示した。自身は一昼夜の間に、『甘草』の準備をするという。大陸の甘草と違って、この辺りの山紫陽花《やまあじさい》の甘味変種の葉を発酵させて代替品を造る。

「明晩までに、一、二年分の薬を手当いたします」

との長老の返答で、孫一郎はやっと安心した。

寺の者が、薬草が入った雑炊を勧めた。食べ終わって、吹き出した汗を拭っておると、「疲れが取れる」と、盛んに灸《きゅう》を勧められた。

「騙されたと思って、一度、試してくだされ。灸をしてからは、足に鳥の羽が生えた如くの疲れ知らず。伊吹山一帯では、蓬の葉から艾を作っております」

と、灸の効能を話し出した。

孫一郎は一行に目配せで、意に添うように合図をした。己も「足と背に疲れが溜まっておる」と一番に背中を預けた。

寺の者が、慣れた手付きで灸を据えた。教如は、ほんの四半時の間、艾が濛々と焚かれた居間でじっとしていた。

「孫一郎、何と体の軽い様よ！」

と、教如が驚きの声を上げた。周囲では、「我も、我も」と先を競う声が響いた。教如は、気鬱の病も吹っ飛んだように、次は両肩の艾に火を点けさせていた。

孫一郎が離れた場所にいる住職を見ると、涙を浮かべて頻りに頷いていた。

――美濃の山奥でも、親鸞聖人の御法《みのり》はかように浸透しておる。教如が大坂抱様《かかえざま》で、本願寺に籠城《ろうじょう》した事体も受け入れていただける。有難い。

一行は、久方振りに安眠を貪った。

遠くで、月夜に鳴く鴟《みみずく》の声が聞こえた気がした。

四

紀伊雑賀を出て、約一《ひと》月が経った。傳妙寺で薬を調合してもらって、一行の足取りは軽い。

急に教如は、「美濃の舩橋願誓寺に入る」と言い出した。

「教如、何を考えておる。舩橋願誓寺は、羽島の舟橋にあった、弾正大弼が岐阜城下に移転させた寺だと聞いたぞ。何故、左様な寺をわざわざ頼って参るのだ」

孫一郎は、不遇な教如を下手に傷つけたくはなかった。だが、聞かずに済ます訳にはいかなかった。

「孫一郎、不審に思うはもっともじゃ。されど、願誓寺は岐阜御坊の塔頭《たっちゅう》であの明玄《みょうげん》坊殿が守っておられる。石山の本願寺の戦いの折、明玄坊が親身になってくれただろう。ならば、決して弾正大弼に反逆《はんぎゃく》するなどは、考えられぬ。良い知恵を捻ってくれるはずじゃ」

「うむ、確かにあの明玄坊殿ならば、例え弾正大弼所縁の寺であっても、力にはなってくれよう。俺がまず忍び込んで話をつけて参ろう」

一行が長良川の藪が生い茂った河川敷で、粟と白米の握飯を使う間に、孫一郎は対岸にある願誓寺の明玄坊に逢ってきた。

「さすがは、明玄坊殿じゃ、話が早いわ。『織田殿のお城下においては、夏の虫の飛びて火に入るが如し。教如様の次の先行きが決まるまで、本堂屋根裏の隠れ部屋にお匿いいたしますぞ』との返事じゃ」

明玄坊の返答を聞き、教如の顔色が一気に晴れた。

「どうじゃ、拙僧の見込み通りであろう。願誓寺を足場に、甲斐の武田殿を頼ろうと思うのじゃが……」

明るい表情の教如を尻目に、意を固めて孫一郎が口を開いた。

「教如殿、明玄坊殿の言伝はまだある。『この地は、木曾川街道と飛騨街道が交錯する。日々偵察に回っておると、織田軍は、武田家と教如様を滅亡させる為に血眼になっておる』故に、甲斐に向かうは無謀との由」

教如は最後まで聞くまでもなく、その場に崩れた。

「ううぅ、やはり、織田軍の手が伸びておったか……。拙僧は向後、如何にすべきか」

孫一郎は、河原に膝をついて泣く教如を懸命に慰めた。

「教如殿、落胆するには及ばぬぞ。明玄坊殿は、『甲斐が駄目なら郡上街道を遡《さかのぼ》って、雪中を越後まで行き来すればよい』と申されたぞ」

傍らの坊官の下間頼龍《しもつまらいりゆう》（按察《あ ぜ》法橋）も、「拙僧は、何処までも教如様のお供を仕りますぞ。教如様、卯（東）の方角がだめなら、子（北）に活路を見出しましょう」

と、励ました。孫一郎も、

「雪中を行き来すれば、織田軍は追っては来ぬ。尾張の温暖な気候に慣れておる織田軍にとって、雪との戦いは、念頭にすらない事体じゃ。ともかく願誓寺に入山して、明玄坊殿の手配を待つとしよう。俺が繋ぎを付ける故、夜半になったら移動する」

「では、坊官のみ随行し、他の随行者は、長良古津《ながらふるつ》にある日吉神社に留まってくれ。先行きが決まったら、飛騨街道を遡って合同いたす故」

下間頼龍も孫一郎の言に乗り、大勢での岐阜城下の滞留《たいりゆう》を避けようとした。

五

明玄坊は、ちょうど商用で岐阜に来ていた願誓寺門徒の八代八右衛門《やしろはちえもん》に、教如の身柄を引受けてくれるように頼んだ。

八右衛門は、美濃の郡上の気良小倉《けらこぐら》村に避難用の山小屋を所有していた。山小屋といっても、昔の山城といった広壮な建物で村落から遥かに離れている。明玄坊は、「人目のない絶好な場所である」として、早速に差配をした。八右衛門は教如の受入れのため、慌てて準備に戻っていった。

孫一郎は、教如一行を長良古津の合同の地に急がせた。織田軍に見つかっては難儀な事体になり兼ねない。

長良古津を出ると孫一郎は、道中を急《せ》かせなかった。

「飛騨街道は、どうやら織田軍の関心は薄いようだ。街道筋は風光が明媚な場所ばかりだぜ。長良川の美しい様を見ろ」

坊官たちは、孫一郎の脚力が急に鈍った事実に不審を覚えた。

「孫一郎殿、今までは急ぎ旅だったが、急に脚力を落とすとは解せませぬなぁ。今朝から、仏法僧《ぶっぽうそう》という鳥の繁殖地がかように街道近くにあるは珍しいと、なかなか歩を進められぬ。何か訳がございますのか？」

真剣に詰め寄る頼龍を尻目に、孫一郎は頻りと飛騨街道の子（北）の方角を気にしていた。遠くに、芥子粒のような人の姿が目に入った。

「おぉ、やっとのお出ましだぞ。郡上八幡《ぐじょうはちまん》城主の遠藤様のお使い番の者のはずじゃ」

教如が一番に驚きの声を上げた。

「孫一郎殿、遠藤様が織田方に反逆いたせば何とする！　ここまで流浪の旅をするに、如何に苦労の連続であったことか！」

「左様に怒ると思うておったわ。故に昨夜、遠藤様の城に入り、直に談合をしてきたわ。遠藤様は噂に違わず、立派な御仁であった。初代城主様が親鸞聖人に帰依し、乗性《じょうしょう》寺を菩提寺として篤く本願寺の御法を守っておられる」

「拙僧は、顕如様よりお聞きした覚えがござるぞ」

教如は、手を叩かんばかりの喜色を見せた。

「その御仁がな、『教如様の大坂抱様の様相に心を痛めておりましたぞ。弾正大弼も、この雪中では、手も足も出せまい。逗留先の準備が整うまで、ゆるりと英気を養ってくだされ』と仰せじゃ。遅ればせながら、正月の餅なりといただこうぞ」

孫一郎の言葉で一行はやっと、正月の松の内も疾うに過ぎた事実に思い至った。

「孫一郎様は、かように我らに心を砕いてくだされておるに、一瞬でも疑いの目を向けるような言動をいたすとは……」

酷く落ち込んで話す頼龍を、孫一郎は慌てて遮った。

「よせやい、我らは同朋《どうぼう》ぞ。如何なる時も一緒のはずだぜ。気にするな」

息を弾ませて駆けてきたお使い番が二名。雪の中で、平伏《へいふく》し挨拶をしようとした。教如が慌てて止めると、さればと口上を述べた。

「教如様がかような草深き郡上にお越しと聞き及び、城主より『教如様を美並《みなみ》村苅安《かりやす》にある乗性寺にご案内せよ』との由」

と、親鸞聖人の所縁の乗性寺に案内をした。

一行は、広大な寺内にある書院に落ち着いた。期限を区切らず、逗留をしても構わぬとの言伝もあり、一行は初めて畳の間で手足を伸ばし寛いだ。

六

教如一行が乗性寺に逗留して七日目の未の刻に、立派な女神輿が内玄関に横付けされた。城主の母公のお忍びだった。

母公は、雪国の女性特有の色白の餅肌で、とても成人男子の子供があるとは思えぬ美貌の持主だった。

「教如様、雪深き郡上八幡によくぞ参られました。本日こうして忍んで参ったのは、教如様直々に法名を賜りたいと願った次第でございます」

控えの間の天井裏で母公と教如の会話を孫一郎は聞いた。

――常なら、かような美女が城主の母公であるはずはない。大抵は、くノ一が扮して、偽装をしておるはずじゃ。されど、この邪気のなさはどうだ。本物の母公だろうの。かような女性が何故に参ったのじゃ？

母公が続けて話すには、教如が大坂抱様で本願寺に籠城しておる頃、先代城主と共に、「教如様御自ら、法名を授けていただければ望外の喜び」と語り合っていたとの由。教如が流浪の旅とは謂え、かような雪深い地域に立ち寄るとは、この機会を逃す手はないと急に思い立ったとの由。

「教如様、如何でございましょう。急な難題を持ち出し、誠に申し訳ございませぬ。されど、これも仏縁あればこそ。妾《わらわ》は酉の刻まで当寺で小休止をいたします。これより二刻ほどの間に妾の法名をお考えくだされませぬか。宜しくお願いいたします」

急に謂い付けられても、教如は顔色を一つ変えず用件を受諾した。

教如は奥書院に籠って母公の法名を思案した。

未の刻になり、本堂にて『御剃刀《おかみそり》』の儀式を執り行った。実際には髪を下ろさぬが、頭頂に軽く剃刀を当てた。教如が『照用院支順《しょうよういんしじゅん》』と名告《なの》りを上げた。これによって母公は、教如や孫一郎と同じ仏弟子として生きていく次第となった。

「妾の意に添った法名をいただき、有難い次第でございます。誠に妾の胸の内を見たが如くでございます」

「念仏を称えて貴女様を思うと、先代様を支え、仲睦まじく領民を慈悲のお心で照らしておられる様が浮かびました。容貌の美しさも然《さ》ることなれど、貴女様の内面より光が四方を照らしておるが、本質と得心がいった次第」

照用院支順は、教如の言葉が終わらぬ内に感極まって泣き崩れた。

「生涯において、左様に認めていただいた事実は今までございませなんだ。何と有難い……」

「真宗の御法は、仏様の前で皆、平等でございます。そのお人柄を尊重いたす教え故」

支順は、顔中を涙で濡らしながらも、晴れやかな笑顔を振り撒き帰城した。

その場に臨んだ者すべてが、感激の涙を零していた。その中に、この乗性寺の住職親子も含まれていた。

「教如様、親鸞聖人の生まれ変わりとの評判は真でございますな。我ら親子にも、支順様の如くの法名をいただきとうございます」

教如も世話になっている乗性寺方からの申し出を、無下にはできなかった。

数日後に、十七世照山には『西教』、十八世慶山には『南教』を授けた。世話になったせめてもの証として、自らの『教』の字を授けた。郡上八幡城主の母公と菩提寺の住職が、教如自ら法名を授かった事実は、瞬く間に城下に知れ渡った。

「教如は、さすがに徳が高い御仁よな。逃げておるはずが、『法名をいただきたい』と門前、市を成す勢いではないか」

孫一郎は揶揄しておる反面で、ここには早や四十日余りの逗留になってしまった事実を悔やんでいた。

——城主自ら心を砕いてくださり、これ以上の居心はあるまい。されど、法名も重臣までに留め置かぬと、織田方の間者に感付かれる恐れがある。運よく昨日、八代殿より、「屋敷の準備が整いました」との文が届いた。早速、明日、乗性寺を出立するといたそう。教如が悲嘆するであろうが、ここは譲れぬ。

と、中庭の松に降り積もった雪を見ながら、孫一郎は胸の内で呟いた。

七

八代八右衛門が準備してくれた屋敷に、教如一行は落ち着いた。

飛騨街道を吉田川沿いに遡って、気良川との合同点を下小倉まで更に遡った。広い屋敷は、隅々まで掃除が行き届いていた。室《むろ》に保管してあった紫色の小菊が、居間の床の間に活けてあった。

「八代殿、この小菊は珍しい紫色をしておりますな。貴重な物を拙僧のような者のためにご準備くださるとは……」

「何を仰る。この辺りの者は皆、教如様に救われておりますのじゃ。京に近く美濃や尾張、更に越前や加賀にも山を越えていけば、直ぐに足を延ばせます。山中に住んではおりますが、かように物が豊富な地域も珍しいと存じます。そのため、昔より時の権力者に踏みにじられてきました」

「拙僧も、生きる苦しさのために己の進退は諦めてきた。されど、仏様はかような拙僧さえ救ってくださる」

教如が、思わず当時の心情を吐露すると、八代もそれに答えようとした。

傍らの孫一郎が、湿りがちの二人を話題から離した。

「八右衛門殿、この屋敷からの眺めは絶景でござるな。山の中腹といった塩梅だが、子の（北）の方角にある山は、高いのであろうの」

「孫一郎殿、左様でございます。五百丈以上の山々が屏風のように、連なっておりますぞ。因みに連なる山地を、日本《ひのもと》の背骨と称する学者の方もおられると聞き及んでございます」

と、八代は豊富な知識を示した。

「成程、ここから飛騨街道に戻る近道はあるか」

「卯（東）の方角の『気良峠』を越えれば、直ぐに飛騨街道の往還に戻れます。子（北）の『鷲ヶ岳』

『山中山』を越えれば、高山に出ます。酉（西）の方角の『伊妙峠《いみょう》』を行けば、越前街道から越前、加賀と海に繋がります。北前船が蝦夷の珍しき品々や、遠く異国の珍品も手にいれるは造作もない」

教如が「ほぅっ」と、感嘆の言葉を吐いた。すかさず、八代が、

「教如様、峰沿いに午（南）の方角に行けば、尾張や三河も造作なく行けますぞ。この辺りは確かに雪深いが、峰伝いに行けば四方、見咎められずに往来できますのじゃ」

「我らは日本《ひのもと》の臍《へそ》に陣取っておるも同然でござる。折角の境遇でござる。弾正大弼が近寄れぬあちこちを巡ってみるも一興でござるな」

「孫一郎殿が謂う通りでござる。拙僧は、この屋敷を足場に御法の教化に努めたいと思う」

と、教如が意欲を示した。

雪に四方を囲まれ、気が滅入る事実にも係わらずこの土地の者は逞しく生きていた。教如は、己の握りこぶしを何度も腿に打ち付けていた。「ここで腐ってなるものか」と鼓舞しておる様相が伺えた。

孫一郎は、

「俺は、根雪の或る内に、四方八方を探って参る。一月《ひと》を目途に行ってくる。教如は足腰が鈍らぬように、日々鍛錬をしておけよ。八代殿、手ぶらで行くのは惜しい故、土地の特産を分けてくれ。高値で売って参る」

転んでもただでは起きぬ孫一郎の様を見て、三人は久しぶりに声を上げて笑った。

部屋に響く笑い声に、美濃菊の紫色の花弁も小刻みに揺れていた。

八

一月《ひと》振りに孫一郎が下小倉の屋敷に戻ってきた。

商いが大層上手くいったようで、儲けの一部で、南蛮渡りの手鏡と唐渡の綾絹を購《あがな》ってきた。

「珍しい品物故、八幡城主に献上して参る。世話になっておるからの」

と、八代を大店の主とし、教如を番頭、孫一郎は手代の風体で大きな荷を担いでいった。城にはすでに文で伝達がいっていた。

書院に通されるとそこには、城主と照用院支順と安養寺の住職が揃っていた。

教如が挨拶をし、孫一郎が献上した。

「さてさて、かような南蛮渡りの珍しき品は見たことがない。流石に雑賀軍軍師の孫一郎殿は商いにおいても、半端ない手腕をお持ちのようですな」

「ほんに、艶やかな綾絹の衣装を作っても、かような田舎では宝の持ち腐れと成りはせぬかの」

孫一郎は如才なく答えながらも、

「数年の後には、艶やかな衣装でないと出世が叶わなくなると踏んでおりますぞ。されど、他言無用に願います。ここにおるは同朋衆でござるからの。こたびは、禁裏にも献上金を差し出して参った。

教如殿をお頼みして参りましたぞ」

「さすがは、孫一郎殿じゃ。さて、献上の件もあったが、安養寺から重大事をお伝えしたいとの連絡が入った。まさに、渡りに船であったのだ」

隅に控えていた安養寺住職が、口を開いた。

「利休様所縁のある武将から、教如様に内々に繋ぎを付けたいとの言付けをいただきました」

孫一郎が禁裏に働きかけた一端が、早速動き出した。

「我ら同朋衆である故、かような場所で語っておる。だが向後は一切、知らぬ存ぜぬで通してくだされ」

孫一郎が立案した計略は、この郡上八幡を中継地域とするが一番効用が高い。

「乗性寺は遠藤家の菩提寺故、これ以上は遠藤家を巻き込めぬ。向後は、安養寺殿が代わって、繋ぎを付けていただきたい。同時に近場に宿坊を開き、四方からの情報を差配して欲しいのだ」

向後の計略を共有するが、表面上の接触は一切なしと決めた。

――雪中ではあるが、敵の大軍と対面せずとも、戦いは幾らでも仕懸けられる。この一月《ひと》で、莫大な高になった商いの売り上げを、すべて教如を表舞台に復帰させるために使ってやる！　軍兵を動かすばかりが、軍じゃねえ！　弾正大弼、今に見ろ！

周囲が真っ白な雪に囲まれていても、胸の滾《たぎ》りは抑えられぬ。

孫一郎と教如は城からの帰り道、同じ思いを共有していた。

第三章　諸国秘回、越中〜三河

一

教如は、気良荘下小倉にある八代の屋敷を足場にして、甲斐武田家に連結を付けようとした。孫一郎たちはその意を受けて、飛騨から越後を経て甲斐に潜入を試みた。偵察隊を先行させたが、ことごとく失敗した。織田軍は各地に関所を設け、伝達を遮断し、武田家を追い込んでいた。

教如は、武田軍と越中、越後の一向宗との連衡《れんこう》を探っていた。

武田家へ伝達が図れぬ中、教如も心情が追い込まれていた。

孫一郎は、教如が同じ場所に居続けるは危険であると、転々と移動した。

現在は、石動白《いしどうしろ》（石徹白《いとしろ》）村を経て、穴馬《あなま》八か村の半原村の力蔵爺の炭焼小屋に退避していた。

孫一郎は、塩硝街道を行き来し、城端《じょうはな》にある善徳寺と連衡を密にした。塩硝の商いも北前船も使って、更に利益を伸ばしていた。

炭焼小屋を訪れた孫一郎は早速、教如に善徳寺の空勝師の話を告げた。

「塩硝のお蔭で、禁裏への工作費の懸念はなくなったぞ。末法のご時世で、田舎の豪族さえ、格別な鼻息で鉛や塩硝を購っていく。そこでじゃ、城端の善徳寺殿が、『甲斐への道筋が見えぬなら、飛騨高地を通って、三河高地へ足を延ばしてはどうか』と仰っておったぞ。峰伝いに行けば直ぐに着く。木曾山地を越えねば、織田軍に強襲されまい。教如はどうじゃ」

雪に閉じ込められた経験が皆無な教如は、孫一郎の申し出に飛びついた。

「善徳寺殿は、白の世界に閉じ込められる怖さを語っておられたぞ。よし、この際、明日にでも八代の屋敷に戻って、三河山地を通って、三河地方の教化に参るとするか」

教如も嬉しそうに、その晩は早く床に就いた。随行者も樵《きこり》の形で、周辺の小屋に分散しておる。孫一郎が教如の意向を伝達して廻ると誰もがほっとした表情を見せ、

「いよいよ三河地方への教化が始まりますな。有難い」

と、答えた。

――本願寺の外を知らずにきた坊官たちが特に喜んでいやがるぜ。山の峰歩きと聞くと、美しい雪景色を想像するんだろうな。だがこの時季は山が吹雪いて遭難する人も多いと知らぬようだの。根性と体力がある者を選んで連れていくしかない。

小屋の外では、煌々と月光が周辺の雪景色を静かに照らし続けていた。

二

数日前から、東白川に近い寒陽《かんよう》気山《きさん》に入った。山の中腹にある無人の荒れ古寺で休息を取る事体と

なった。

――情勢によっては木曾山地に廻って、三河に行くか。

と、孫一郎が周辺の偵察に出た。

だが、甲斐に通じる街道は何処も間者の目が厳しい。織田軍は、甲斐を取り巻くように厳しい封鎖網を敷いていた。

美濃岩村を抜けていけば、三河に行き易い。だが、天正三年（一五七五年）に岩村城は織田軍によって陥落した。岩村城は甲斐武田軍と織田軍で長年に亘って争っていた重要地域である。

周辺の噂を拾って歩くと、弾正大弼は大懸かりな甲州征伐を計画しておる由。準備の段階での前陣を岩村城に置いて、弾正大弼は決して甲斐の土地に足を踏み入れぬ由。

――あの弾正大弼が、甲斐に足を踏み入れずに工作をしておる作戦とは、武田家の内訌《ないこう》を誘導するものだ。先の長篠の戦いでは、一番に逃げたは、御一門衆筆頭の穴山梅雪だった。そのあと、遮断《しゃだん》されたとは聞き及んでおらぬ。織田家による切り崩し工作は上首尾に進められておると考えられるの。

これだけ厳重な警戒では、教如が三河に向かうのは至難となる。

――弾正大弼の関心を、甲斐から外す思案をせねばならぬ。本願寺も退避し、越前の一向一揆も壊滅となった。甲斐武田軍と越中の一向一揆を連衡《れんこう》できれば、勝機が見えてくるぞ。

孫一郎は、寒陽気山に戻っていった。

教如たちは、孫一郎の帰りを待っていた。

「孫一郎殿、三河への道筋は如何であった？」

「雪は多いが、何とか行けそうであろうかの」

のんびりとした問い懸けを聞くと、孫一郎の怒りに火が着いた。

「この辺り一帯は、織田軍の旗印がはためいておる。俺だから戻ってこれたが、とても素人が無事に通過できる地域ではない。弾正大弼の関心を甲斐から外さないと、行ったは良いが、教如殿も生きては帰れぬぞ」

予期せぬ孫一郎の言葉に、随行者一同は顔を見合わせ黙り込んだ。

古寺の外では、身を切るような突風が絶え間なく吹いていた。

三

良い思案の浮かばぬまま、孫一郎が獲ってきた野草を入れた雑炊が煮上がった。

「腹が減っては、良い思案も浮かばぬ。薬草が入っておる故、身体が温まるぞ！　さあ、思案はあとじゃ！」

食べようとしたその時、本堂の扉が軋みを立てて開いた。

禁裏隠密の棟梁の熊丸が、雪まみれになって入ってきた。

「おぉ、雑炊が炊き上がりましたか。禁裏御用方様から教如様にと、味噌をいただいて参った。味噌に加え、更に、鶏卵が三つありますぞ。割溶いて入れると滋養が高くなる。ご一同衆たんと食べてくだされ」

熊丸が持ってきたもので、雑炊が滋味豊かな馳走に変わった。

「熊丸殿、大層な馳走を有難い。お蔭さまで、拙僧の気鬱の病が何処かに霧散しましたぞ」

「左様でございましたか。それは重畳じゃ。儂は、禁裏御用方様からの言伝を申し付けられました。小片に細かく書かれております、教如殿と孫一郎殿が読まれた直ぐに燃やすように謂われておる故」

読後、古寺の内陣に教如と孫一郎、熊丸で向後に付いて談合をした。

熊丸は、伝達文は直ぐに焼却した。

「教如殿、禁裏御用方は今上陛下のお声懸で、本願寺を陰ながらお助けするに至った次第。儂等禁裏隠密隊が裏工作を行いますぞ。表の工作は教如殿を補佐して孫一郎殿が行ってくだされ。大坂抱様の籠城より半年ほど経ちました。お二人に何か良い作戦はございますかな」

しばらく思案して、孫一郎が話し出した。

「熊丸殿、お主が表裏一体の御仁であることは分かっておる。ここでそのままを話すのじゃが、この一帯は織田軍が犇《ひし》めき合っておる。俺が思うに、武田家への内部工作が進行しておるようだ」

「その通りでござる。儂等の偵察隊も同じ事項を上申しております。孫一郎殿は何か思案がお有りのようだが」

「如何にも。かような状況から鑑みれば、天正九年（一五八一年）の今年か、遅くとも来年早々には甲州征伐が進められよう。左様な次第となれば、圧倒的な軍兵の差から、一気に武田家壊滅と成り兼ねぬ。弾正大弼の目を甲斐から離す工作が必要じゃ」

孫一郎が、常の考えを語った。

「さすれば、拙僧も武田家と繋ぎを付け、越中の一向一揆衆との連衡が可能じゃ」

「弾正大弼は近年、帝の譲位を画策しておる。幾度も、帝に言上しているようじゃ。されど、帝は柳に風の如く、躱《かわ》しておいでじゃ。弾正大弼は次を見据えて、二条城を東宮様の御座所に進呈し、すべての面倒をみておる」

教如は涙を零しながら、

「今上様は常に本願寺を慮ってくだされておった。有難いことぞ」

「まさしく、弾正大弼にとって今上様は目の上の瘤の如き。故に、禁裏に圧を懸ける仕儀は喜んで挙行するはず」

風雪を防いでおる古寺は、秘め事を談合するには最上だった。

ビュービューと虎落笛《もがりぶえ》の如くに寒風が鳴る音さえ、三人への励ましに聞こえた。

四

体が温まったところで、孫一郎が口を開いた。

「弾正大弼が朔《さく》の日に行った行事は、畿内で評判を取ったな」

「朔の日の行事とは、唐風な爆竹を使った仕儀か？」

「左様、禁裏から左様な行事の天覧《てんらん》を冀望《きぼう》すると申し出れば……」

「あの弾正大弼なら己の武力を誇示する、『馬揃《うまぞろ》え』なら開催したかろうの」

「若もご存知で」

熊丸が感嘆の声を上げた。

「左様。弾正大弼が名馬を何十頭と収集しておるな。彼奴なら麾下《きか》の大小名はいうに及ばず、禁裏公家衆や諸侯、近隣住民等大勢に見せつけてやりたいと思うであろう」

「されど禁裏公家衆にとって、左様な武家の行事は武張り過ぎておるのではなかろうかの。拙僧は、馬術が得手である故、見たいとは思うが……」

教如の馬術は、確かな腕である。

「要は、弾正大弼が己の武力を誇示する場があれば、麾下の武将はことごとく、参集するであろう。さすれば、準備も含めその期間は、甲州への関心は薄れるはず。熊丸殿は左様な働き懸けは、得手であろう。その間に、俺は武田殿に梃入れをする。教如殿と共に、一向一揆衆と連衡できればまた封鎖網を構築するも可能よ」

孫一郎が語り終えた時、目の前の柱に棒手裏剣が刺さり、血が滲んだ文が結わえてあった。

『甲斐武田家、本拠を躑躅《つつじ》ヶ崎館より韮崎にある新府城に移転す』

「隠密隊が決死の覚悟で探り出しきた文だ。有難い。されど、負け戦が続いていた武田家の居城を、移転せねばならぬのか。孫一郎殿、如何に」

「教如殿、時が足りぬかもしれぬぞ。信玄公が生涯を懸けて築いた居城を捨てたとなれば、人心の掌握は難しくなるだろう。甲斐武田家に頼り過ぎてもいかぬな」

弾正大弼の封鎖網の作戦を、時を懸けて考えていた。

当面は、教如の命の確保と本願寺勢力の伸長である。孫一郎はその工作費として、熊丸に金塊をいくつか渡した。

「若、かような金塊を何処から」

「おっと、熊丸殿、それは内密に頼むぞ。足りなければ、まだまだ用意は可能よ。心置きなく使ってくれ」

三人の談合で日本《ひのもと》が、大きく動こうとしていた。

五

熊丸が語る天正九年二月二十八日（一五八一年四月一日）の『京都御馬揃え《きょうとおうまぞろえ》』の顛末を、孫一郎と教如は呆れた様で聞いた。八代の屋敷の奥まった一室で、三人とも声を潜めて話している。

「かような煌びやかな馬揃えを初めて見ましたぞ。一番隊の大将は左衛門尉（佐久間信盛）殿、二番は蜂屋兵庫頭（頼隆）殿、三番が明智殿、四番が村井殿、五番が御連枝衆、六番に公家衆と続きましたぞ。その詳細を書いた巻物がこちらでござる」

孫一郎が真に感心した風情で唸っていた。

「主だった方々は、金襴の装束であったのか」

「真に。天下無双の織田軍を一目見ようと参集した者たちも、煌びやかな装束に度肝を抜かれた様相でござった。さても、『どれ程の銀を使ったのか』『さすが織田の御連枝衆の顔付は上品な』と、京雀の姦しさは耳を覆うばかりでござった。して、甲斐への工作は如何に」

聞かれて、途端に教如は膝に目を落とした。孫一郎が熊丸に返答する立場になった。

「俺等の機嫌がよくない仕儀からも分かるであろう。武田（勝頼）殿を夜半に奥書院まで訪ねた。京の馬揃えが行われる間に、越中や加賀の一向一揆衆と連衡を図り、城も防禦を念頭に置いた作事を進めるべきと具申した。されど、……武田殿は俺のように耳の痛い事実を述べる者を、遠ざけておられる由。城も新府城は作事途中での、躑躅ヶ崎館より数段華やかな造りになっておった。乱世の中で、労役と軍役に民衆を扱使《こき》えば、皆が疲弊する。雪解け時、織田軍が怒涛の勢いで侵掠《しんりょう》するのが目に浮かぶぞ」

「拙僧も、失望いたした。一向一揆衆と連衡して、織田軍を夾撃《きょうげき》すると思うたが、その作戦は困難だ。武田軍との双璧は、上杉軍だが、内訌《ないこう》を繰り返しておる。本願寺と合力する余力はないであろうの……」

「武田家麾下において、知力、武力、胆力共にずば抜けておるは、真田（昌幸）殿であると見た。されど、武田家にとって、真田家は外様である。武田殿が人を見る目が有りさえすれば……。長篠の戦いで多くの忠臣が亡くなった後、かような現状には至るまい。真田殿を重用すれば、難事を脱したやもしれぬに誠に残念じゃ」

熊丸も、難しい顔を天井に向けて思案を始めた。それに倣って、教如も天井の節穴を数えだした。孫一郎は、すでに胸に秘めた策が、二、三、温めてある。

六

思案をしていた熊丸が口を開いた。

「若、織田家麾下で、お味方に付けたい御仁はござるかの」

「おぉ、熊丸は俺と同じ思案をしておったの」

ずっと、黙っていた教如が話し出した。

「荒木（村重）殿のような武将がおればよいのだが……。拙僧が思案するに、比叡山焼討で、先陣を切って出世した明智殿は油断できぬ」

教如の発言を受けて、孫一郎が話した。

「あの御仁は傑物ぞ。人として遥かに弾正大弼より優れておる。弾正大弼の破竹の勢いも、明智殿が計画した部分が大きいぞ」

「拙僧は人徳の優れた御仁を頼りにしたいと思うが……」

「この乱世で、知力も人徳も武力もある武将がどれほど多く亡くなっていったか……。いいか、俺たちの願いは『法義相続』だろ？　伴天連を大事にして、寺社を打ち毀すような権力者では困るのだ」

熊丸が、すかさず叫んだ。

「若、弾正大弼の野心に気づいておられたか！」

「当たり前よ！　彼奴の野心は途方もない。故に、禁裏隠密の棟梁の熊丸がここにおる。教如の進退のみならず、日本《ひのもと》の先行きが懸かっておるのだ。良いか、ここが思案の為所《しどころ》ぞ。弾正大弼を越えていく力量の持主が向後、必ず出てくるはずじゃ。俺たちは、その御仁の支援をする」

「若、弾正大弼に匹敵する武将を挙げる必要があるのか」

鬼神とも謂える力を発揮しておる弾正大弼に、誰が対抗できるか難儀な問いである。

「弾正大弼の麾下の者は、『次に排斥されるは、俺かもしれぬ』との恐怖と戦っておる。されど、恐怖の心を持っていても、荒木殿のように反逆できるかどうかは、また別だ。更に、弾正大弼は、人を見てその御仁に任せる力量は、卓越しておる」

教如は、現状が一生変わらぬのではないかと思えてきた。

「いいか、教如。弾正大弼が生きておる限り、本願寺とお主の将来はないぞ。伴天連が活動の幅を広げていく世の中で、真宗門徒が生きていく場所があるとは思えぬ」

教如は、孫一郎に反駁を試みようとする。だが声にはならなかった。

「孫一郎、随行しておる門徒衆に近隣の武将の評判を聞いてみてはどうかの」

「その案も一理ある。武力と知力だけでは、領民は治められぬ故な」

七

近江や美濃、尾張周辺から随行しておる門徒衆が教如たちの前に呼び出された。

日差しが温かく、開け放した縁側から心地よい風が吹いてきた。孫一郎が門徒衆に問いかけた。

「出世頭の丹羽殿や柴田殿、明智殿や羽柴殿、徳川殿等、弾正大弼に対抗できる武将はおるかの」

門徒衆を代表する形で、尾張下田村の西方寺祐心が口を開いた。

「教如様にご意見を申し上げるとは恐れ多くて……。だが、謂わせていただきますぞ。儂等は街道を通る何百人の武将を身近に見ております。やはり、織田様の麾下の武将は群を抜いて優秀な方ばかりでございます」

祐心は、一気に話した。再び、孫一郎が問う。

「やはり。織田軍は出来物が多いかの」

「大将となっておる御仁は、弾正大弼が認めておる逸材ばかりのはず。されど儂等が、魂消たのは雑賀衆でございます。図抜けた武力と人徳。故に、雑賀衆の孫一大将が何万人の軍兵を持てば、唯一無二の武将ではなかろうかの」

意見を聞いたあと、また三人での談合に戻った。

教如は喜色を表し、膝をポンっと叩いた。

「左様、左様。孫一郎殿の計略の中に、かように動いて欲しい武将が、動くように段取りしていったらどうなのじゃ」

「それじゃ！　その武将の意図では有らずとも、自然《じねん》にその役割を果たさずにはおられぬように計画するは、若のお得意ではござらぬか！　こりゃあ、面白くなってきた！　軍兵を動かすばかりが軍ではござらぬぞ」

「熊丸、荒木殿が反逆した道筋を、こたびは意図して作れというのだな！　碁での作戦ではなく、将棋を使った作戦ぞ。我らは表立って、動く必要はない。教如を逃がして、なおかつ弾正大弼と戦わずして、彼奴を倒す!」

「如何にも、彼奴は帝をも蔑ろにしておる。日本《ひのもと》から飛び出し、大陸の帝に取って代わるつもりでは有るまいかの」

　孫一郎が思案しながら、

「さすれば、計略は一人では成し得ぬぞ。何人もの武人ばかりか文人にも立ち働いてもらわねばの。更に、あちらから、俺たちに接触しようとする輩は排除する。この三、四日で思案するぞ。また、談義に加わって意見してくれ」

　数日後、八代の屋敷から熊丸が京に旅立っていった。熊丸の懐には、何十通の文があった。

　熊丸が京に旅立ったあと、八代の屋敷には教如が随行者と共に残された。一月《ひと》の間、孫一郎は表立っては、商いに精を出す。

　八代の屋敷の門に止まる烏だけが、三人の動向を見ていた。

　風が吹こうが、雨が降ろうが、この烏は黙って止まっていた。教如は、この烏が八咫烏《やたがらす》のお使者と思えた。遠く雑賀にいる顕如と離れて暮らしても、親子の情を烏から感じていた。

八

　陽光が満ちる三月二十一日の亥の刻。越中の城端の善徳寺の奥書院で、孫一郎や教如、熊丸が額を突き合わせていた。

「熊丸、武田（勝頼）殿の首級実検《くびじつけん》が伊那谷の浪合《なみあい》で行われたは、真か」

「如何にも。武田殿の滅亡は盛者必衰の哀れしかござらぬ」

「されば、越中の一向一揆衆の蜂起は中止すべきじゃな。今までは命令書を盛んに書いた。だが、教如、早速、感状を認めてくれ。俺が織田軍を回避して、各地の一揆衆たちに言上を述べてくる」

熊丸の報を受け、教如は気が挫けて返事はしなかった。孫一郎は、気を奮い立たせたいと彼是と聞いた。

「武田軍との連衡を推進するために、教如はあちこちと隠密行動をしたのであろう」

「左様、尾張の西方寺殿、聖順寺殿、順正寺殿と共に、三河と尾張の教化にも努めたぞ」

「命懸けの仕儀であったな」

「まさしく。教如殿は、何百通の懇志への礼状や、蜂起を促す文等を、よく書かれた。儂は配って歩いたで、その手答えを感得したぞ」

「武田家が滅亡しては、一向一揆衆との連衡する作戦は潰《つい》えた。この地に潜伏する必要は、もはや、なくなった。さて、教如に問うことがある」

「何事ぞ」

教如も、孫一郎が語らんとする内容に心当たりがあるようだ。恐る恐る上目使いで孫一郎を見つめた。

「俺はな、この地を立つとなれば、跡を濁さずに行きたいと願うのみ。お主、大野郡の富島村の南専寺の賢宗殿が何かと合力《ごうりき》した事実に対して、良きに計らったのか」

教如は孫一郎の問いに対して、顔を真っ赤にして俯いた。熊丸がつい、口を挟んだ。

「若、教如殿は合力した誰某に返礼ができる立場ではござらぬぞ。攻め立てては、気の毒というもの」

熊丸も隠密工作ばかりに奔走して、詳細は掌握しておらぬ。

「教如、俺も熊丸も走り回って、お主の苦しい胸の内に配慮を欠いたのは悪いと思うておる。されど、苦しい心情を賢宗殿の娘御に吐露をして、懇《ねんご》ろな間柄になるとは、どうした料簡だ！　賢宗殿は何も謂われぬ。されど、俺の目に眼識《がんしき》がないとは謂わせねぇ！　このまま打ち捨てるは許さぬぞ！」

教如は武骨な指を頻りに、摩《さす》っていた。熊丸だけが、慌てて叫んだ。

「何と！　かような情勢で、懇ろになったと？」

「熊丸、懇ろになっただけなら、まだ何とかなるが……。孕《はら》ましてしまっては……」

「教如殿が？　娘御を孕ましたと？」

「如何にも。この報が顕如様の耳に入りでもしたら、激怒されるぞ！　勘当もんだぞ！」

教如は、頭を抱えて蹲《うずくま》った。ううっ、うっ、と嗚咽を洩らす教如に、孫一郎は背中を摩って声を懸けた。

「教如、お主は優し過ぎる。相手の立場を慮ってしまうのだ。その娘御は、教如と同様な性質の持主であろう。案ずるな、公家衆の対策金を一先ず賢宗殿にお渡しして、内聞に計っていただくとしよう。教如が無事に門主の座に着いたら、親子は俺が良きに計らうぞ」

「誰もが苦しい時、教如殿だけを責めるつもりはござらぬ。されど、門徒衆が懸命に仏敵と戦っておる故、『本願寺の御曹司は、泰平に乳繰り合っておるとは！』と、捉えられては心外でござる」

　まだ、教如は躊っている。これ以上に教如を追い込むと、取り返しのつかぬ事体になりかねなかった。

「教如、二十八日にはここを立つ。糸魚川《いとい》から北前船に乗り、安芸の毛利家に匿ってもらう手配になっておる。気落ちするでない。お主を置いて、資金作りに精を出し過ぎた俺も同罪だ。まぁ、弾正大弼を追い詰める資金は潤沢に溜まったがな」

「うっ、うううっ、す、済まぬ。賢宗殿一家を宜しく頼むぞ」

「教如、分かっておる。随行衆に二十八日に出立と告げておく。今宵は、送別の宴を張ろうぞ」

　遠くで鴟《みみずく》の鳴声が聞こえた。

　教如もやっと、顔を上げて孫一郎に頷いた。

　――教如の立場は、薄氷を踏むような危いものだ。俺がしっかり支えてやらねば……。

　鴟の鳴声が、不意にすぐ近くで聞こえた。

第四章　親子和解

一

四月八日の灌仏会《かんぶつえ》の日の午の刻。安芸の毛利家の正門近くに小さな御堂があった。常なら足を止める者もいなかった。だが今日は、灌仏会というお釈迦様の誕生を祝う、花祭りの日であった。近所の老若男女が庭に咲いた可憐な花を手に、参拝に集まってきた。

「この安芸の地も、熱心な念仏者が多いようだ」

孫一郎が様子を見に行って、多量の供物を抱えて戻ってきた。

「教如、見ろ。『今年はこの安芸の地に阿弥陀如来がお出ましになる』と、安芸の長者の夢枕に立たれたそうな。『孫一郎という者に任せろ』との、お告げもあった。故に、俺に供物の差配を任された次第だ。これだけの食物があれば、次の土地に移動しても、当分は喰っていけるぜ」

「孫一郎は、巫女様のような術までできるのか。どうせ、忍び込んで耳元で何回か吹き込んだんだろ」

「教如もそれぐらいは分かるようになったとは、成長したたな」

孫一郎が冗談めいた口吻だが、嬉しそうに話した。

つい一月《ひと》前は、雪に閉じ込められたり、武田家も滅亡したりで、教如たちの運も尽きたと思われた。越後の糸魚川から北前船に乗船した時は、教如と随行者たちは精根尽きた体だった。

一月近くでここまで身体の加減も回復してきた裏には、禁裏隠密の熊丸から齎《もたら》される計略が首尾よく進んでおる報を聞いた故である。

安芸の温暖な気候と強力な毛利の戦備によって、孫一郎も後顧の憂いもなく商いと隠密行動に専念した。それによって、こたびは、京に近い播磨の英賀《あが》に潜伏する仕儀になった。

教如も弾正大弼の本拠に近い土地に移動に抵抗はあった。だが、何十年の同朋である熊丸と孫一郎が、『大丈夫だ』と、請け合った。

孫一郎は、毛利家の面々に世話になったお礼として、『向後、畿内での変事が勃発した場合は、一早く伝達をする』と確証をした。

毛利側は、『石山の合戦ほどの変事は、起こりようもない』と、軽い気持ちで了承した。雑賀の軍師である孫一郎の発議を、無下にはしなかった。

二

教如一行は、月が替わった五月には、播磨の英賀に移っていた。

孫一郎は、教如を夢前《ゆめさき》川沿いの英賀神社の近くに潜伏させた。英賀神社といえば、奈良時代から続く由緒ある神社だ。その英賀神社の惣代で、真宗門徒でもある麹屋太郎左衛門は、織田軍の軍振りに大層憤りを感じていた。

織田軍は、一帯の豪商から何百貫と拠出を彊要《きようよう》した。

銀子を巻上げた上で羽柴軍は、中国攻めの折、一帯を火攻めにした。挙句、英賀城と隣接していた英賀神社も戦禍を被って焼失した。

太郎左衛門は中肉中背で、穏やかな風貌をしていた。

滅多に、怒りを面に表さなかった。だが、今回は親しい朋輩の前で、色白の面を朱に染め、太い眉を吊り上げて織田軍を非難した。

反面、太郎左衛門は、織田方に従順を保った。だが、『武田家滅亡』の報に接して、予《かね》てよりの親交のある孫一郎に、教如の潜伏の手助けを申し出た。

「武田家と連衡を考えておった、教如様のご苦衷をお察しいたします。更に、播磨人の誉れだった英賀神社並びに英賀城を、織田軍はいとも簡単に焼亡させました。この代金は高く付く事実を思い知らせてやります」

孫一郎は、太郎左衛門の肝の太さと人柄を高く買って、「商人にしておくには、惜しい奴よ」と、認めていた。

酉（西）の方角に茜雲がたなびいていた。孫一郎と教如、太郎左衛門は、夢前川に架かる才崎橋の中ほどに立って、川面を見つめていた。

「太郎左衛門殿、こたびは無理をさせてしもうたな」

「孫一郎殿、何を仰る。某も、神仏を蔑ろにする織田家の家風には付いていけませぬ。この辺り一帯の者は、すべて同じ思いでございます。教如様を守り通して、極楽往生を叶えましょうぞ」

「太郎左衛門殿、お主は武家の出であろうな。俺等と共に、大義を成しては如何かな」

「確かに、出は武家でありますが、もう昔のこと故。某は、神仏と銀の力で、この世の浄土を成さんと念じております。その第一に教如様の合力がございます」

「麹屋は口上手よの。教如殿の船は小さいが、大船に乗った心持ちで日暮をいたせよ」

「さて戯言はこれまでにして、教如様と随行者の三人がこの早船に乗って、播磨五川（加古川、市川、揖保《いぼ》川、千草川、並びに夢前川）を中心に、隠れ鬼を行いますぞ。無論、命懸けでございます。川沿いに、隠れ処を幾つか準備してございます。孫一郎殿と某は、向後も表裏のつかぬ攻略をいたします。護衛は雑賀衆が陰ながら務めてくださいますぞ」

三

六月二日の卯の刻。市川沿いの神河《かみかわ》の渡し小屋で教如と随行者が雑炊を炊いておる最中に、孫一郎が血相を変えてやって来た。

「教如、人払いを！」

随行者は訳の分からぬ中、片手に椀だけ掴み、外に退避した。

「どうされましたか、孫一郎？」

顔中を喜色で染めた孫一郎が、

「やったぞ！　弾正大弼が早朝に、本能寺で明智軍によって討たれたぞ！」

「真か？　鬼人といわれた弾正大弼が……」

「真も、真！　あー、はっ、ははは、ははははは。ざまぁ見ろ！　地獄で皆に泣いて詫びを入れろってんだ！　明智（光秀）はよくやってくれた！　さすがは、明智だぜ！」

「拙僧は、やはり諸行無常を思わずにはおれぬ……。念仏を称えに参ろうか……」

「それはならぬ。教如は弾正大弼の死を知らずに、ずっと逃げ回っていたのじゃ。よいな！　殺《や》ったのはあくまでも、明智じゃ」

教如も何百通と各方面に文を書いた。各方面で、教如のために合力をしてくれた人がおる。だが、誰もが己の真の役割は知らぬ。知ったとしても、細工仕懸けの一つの歯車だと、安堵するはずだ。皆の与り知らぬ処で、事体は転回を続けた。

渡し小屋の軒下に、昨年からの風鈴が、急な風で激しく鳴り出した。

リリリリ、リリリリリン。リリリリ、リリリリリン。

教如は頭の上の黒雲が、強風によって急に吹き飛んだと思えた。

孫一郎は、弾正大弼の滅亡だけを望んでいた訳ではなかった。

――まだ手放しでは喜べねぇぞ！　明智は、比叡山の焼討で大手柄を立てた輩だ。根っ子の処は弾正大弼と同じではないのか。門徒衆が生き生きと過ごせる世になるか。

心中の風鈴の音は、激しさを増した。

四

六月二日の弾正大弼の討死の翌日の未の刻。禁裏隠密の熊丸が、神河の渡し小屋に来た。教如が、随行者を外に出して薪を拾ってくるように指示した。

「若、一報は受け取ってもらえたな」

平常の様相と変わらぬ孫一郎と教如を見て、熊丸が念押しのために声を懸けた。

「無論、近頃にない痛快事よ。死体が見つかったとの報がないようだが……」

「正にそこよ。手放しで喜んで、後から弾正大弼が生きていたとなれば、大事だ。今度は、己の首級の憂慮をせねばならぬ故な。禁裏の憂いもそこよ。弾正大弼が本能寺で討死したが、本能寺はまさに城塞だった。常なら、そこに攻め込むとはあり得ぬ。巷では、『明智殿は余程の勝算か、強力な後楯がおありなのか』と、情勢に詳しい者が口にし始めた。若は、何かご存知かの」

「承知しておる。すべて、俺の計略通りさ。弾正大弼の亡骸を一時、本能寺に隠してから、阿弥陀寺の清玉上人《せいぎょく》に扮して運び出した」

「若は何故、左様な面倒を？」

「明智に、教如を任せて良いのか判断が着かぬ故。比叡山の焼討で、手柄を立てた者を信用できるかと思ってな！　教如は、どうだ」

「親鸞聖人が『さるべき業縁《ごうえん》のもよおせば、如何なる振る舞いもすべし』と説いておられる。弾正大弼を仏敵として戦ってきたが、織田側からすれば、我ら本願寺が鬼に映っていたかもしれぬ。業縁に振り回されていたは、織田も明智も、拙僧も同じ……」

「では何か。蚊を平気で殺すのと、人を殺すは変わりがない理窟か」

「拙僧は、左様に思えてきた。末法の世では、誰もが鬼と化す故」

「本能寺の襲撃の際、もしも明智殿が先鋒で駆けておったら、俺は黙って見ておったと思う。ここで弾正大弼の命を獲らねば、日本《ひのもと》の先行きが危いという熱を感じたかった……」

「されど、禁裏様からの信頼も篤い明智殿ですぞ。禁裏様は、『如何にすべきか』と、憂慮しておられるそうな……」

「禁裏様には、しばらくご様子を見ていただくぞ。何度も明智方から『勅許《ちょつきょ》を』と望まれても、『のらりくらりと躱《かわ》して置くように』と、報告してくだされ。しばらくすれば、誰が向後の天下を治めればよいか、天が決めてくれる」

孫一郎の言葉に、教如は彊直《きようちよく》で身体を震わした。

「孫一郎、お主は拙僧のために、左様な危険な事由に手を染めてしまって……。申し訳ない……」

「おい、誤解をしないでくれ。俺は、雑賀の軍師だぜ。かような計略で、役者が立ち廻る様を見るは無上の喜びよ。故に、当分の間、教如は知らぬ体を続けてくれ。熊丸は、朝廷や公家が明智方に言質《げんち》を与えぬように念を押しておいてくれ。文人共もご同様だ。俺は昨夜、細川殿（幽斎）の寝所で『決して、合力するな』と脅しておいた」

「何人かの武将に働き懸けたのか？」

「六、七人に叱咤したり、威したりと忙しかったぞ」

森の奥深くから、鵂の鳴声が聞こえてきた。

人の世の諠譟《けんそう》は、鵂の与り知らぬ処である。

野生の暮しを脅かす歯車が動き出せば、鵂は躊躇なく攻撃を仕懸けてくる。

されど、弾正大弼の死では、鵂は微動だにせぬ。

鬼たちだけが、騒ぐだけだ。

五

六月十日（六月二十九日）の卯の刻、加古川近くの八千代にある炭焼き小屋に熊丸がやって来た。

「若、一大事ですぞ。羽柴軍が破竹の勢いで、六日に沼城、七日に姫路城と山陽路を大返しで戻っておりますぞ」

「ほほう！　羽柴軍は格別な鼻息であるな。弾正大弼の討死を知っての如き振る舞いぞ」

熊丸がにんまりと笑い、教如と孫一郎の顔を見た。

「若は、六月二日の弾正大弼の討死の事実は毛利家に直ぐに伝達されましたの」

「無論じゃ」

「我らの探索により、『原平内なる者が、毛利軍と間違えて、羽柴軍中に飛び込んだ。体中に隠し持っていた文より露見した』との由。数名放った忍びの中の一人から、漏れたようですな。計略通りでござるかの」

熊丸が少し、意地の悪い声音で問い正した。

「俺が百手先の策を考えるは、常である。こたびは、千手先の策を考えておる。戦いのない念仏往生の楽土を望んでおる教如のために、ここは勝負処よ」

教如は、孫一郎の苦労を思って声を上げた。

「済まぬな、孫一郎。毛利家と同様に何人かの大名に報せたのか？」

孫一郎は、首を横に振って答えた。

「かような重大事を、気軽にあちこちに伝達する俺かよ。まあ、原は囮《おとり》よ。石山での戦いで、毛利家は羽柴軍に手間取った。こたびは両軍に同時に伝達したが、その後の対応で戦状が大きく変化するぞ」

「孫一郎、羽柴軍が左様な対応をしておる間に、明智殿も先行しておるはずじゃな」

「何じゃ、教如は明智贔屓になったか。熊丸が教えてくれる」

「明智殿は、先ず安土城の入城を考えた。だが、勢多城主の山岡殿が瀬田橋と居城を焼いて退避したので、一先ず坂本城に入った。六月四日までに、近江を平定した」

孫一郎が、口を挟んだ。

「羽柴軍の大返しを聞いたあとでは、明智軍のもたつきが目に付くな」

「如何にも。仮橋が三日懸かって完成したので、五日にやっと安土に入城した。蔵にあった金銀財宝を家臣やお味方に分け与えた。ここで、明智殿は軍資を手に入れた」

「明智殿は、豊富な織田家の財宝を、先ず手に入れたのか」

「朝廷工作には金が懸かる故。七日には、誠仁親王《さねひとしんのう》が使者を安土城に派遣して、京都の治安維持を任せておる。六月八日に、やっと安土城を発った」

「遅くはありませぬか？　要所の守りも手配してあるのかの」

教如の問いに、孫一郎が答えた。

「それが昨日の九日に宮中に参内して、朝廷に銀五百枚を献上。京都五山や大徳寺にも銀各百枚を献納。勅使の吉田兼和殿に銀五十枚を贈った。以上の報は入ったが、軍略としての動きがないようじゃ」

「明智殿は、羽柴軍がここまで、五十里ほどの旅程を走破しておるとは、念頭にないようだの」

「若の計略によって、かような面白き目が出ようとは……」

「如何にも。明智殿には、織田家麾下の主な武将の動きに留意せよとそれとなく伝達したぞ。されど、羽柴軍や摂津衆を軽んじておるようじゃ。俺は、幽斎殿の足止めのために寝所に忍び込んだ。実は、『明智は当初、細川（幽斎）の臣なり』『何故、明智の支配に入らねばならぬのじゃ』との風聞が聞こえておったからの。真に、心の奥底に住む鬼は、難儀じゃ」

三人は、口端に乗せられぬが、向後の波乱が見えるようだった。

小屋の外は、小雨交じりの強風が吹きつけていた。

――羽柴軍はかような天気の中も行軍しておる。天の采配は摩訶不思議ぞ。

孫一郎は小屋の出入口を少し開けて、外の様子を見た。

嵐の予兆か、野鳥が懸命に森に向かって飛んでいた。

六

「一大事でござる。六月十三日（七月二日）の天王山での軍で、明智軍は惣崩れとなりましたぞ」

十四日の午の刻の頃、熊丸が先日同様の加古川近くの炭焼き小屋に駆け込んできた。

驚いた教如は、奇声を出した。

「真でござるか？　明智軍が惣崩れとは……」

「明智軍は、勝龍寺に逃げ込みましたが、何せ平城で、多数の軍兵を収容できぬ。しばらくすると、北門より明智殿が少数の供回りと共に、坂本城に落ちていかれた。その後の詳細はまだ、儂の手元に届いてはおりませぬ」

孫一郎は、想定の内の展開と考えていたようだった。しきりに頷いている。

「若、五十里の道程を僅か十日ほどで走破できるとは、奇跡ではござらぬか。姫路までは到着したとは聞き及んだが、そのまま摂津まで到着とは……」

「『まさかの負はあるが、まさかの勝はない！』、勝って当然の準備をしておったのだ」

「拙僧に分かるように、話してくだされ。何故、奇跡が起こったのか、さっぱり分からぬ」

「よいか、羽柴軍は弾正大弼の出陣を要請しておった。あの弾正大弼の出陣を仰ぐとは、命懸けの仕儀。余りの不甲斐なさを露呈すれば、失脚もある。羽柴軍の秀逸さを道々喧伝《けんでん》し、同時に『備中高松城をよくぞここまで攻略した』と、『上様からのお褒めの言葉』もいただきたい」

教如も熊丸も、固唾を飲み込んだ。本願寺は、左様な強力な織田軍と、十一年も戦っていた。

「故に、随所の拠点城を補填《ほてん》し、数万の兵の収容と兵站《へいたん》を整えてあった。行軍しやすいように道普請をし、道幅も拡げ整備しておいた。つまりだ、来るはずだった織田本隊のために手を尽くして準備してあった」

熊丸もポンっと手を叩き、合いの手を入れた。

「歩兵は、腰兵糧《ひょうろう》を下げ、旗竿は旗だけ懐に入れて走ったのだ。鉄炮や刀は船で運送したとも考えられるぞ。拠点城に行けば、満腹に食べて眠れる場所がある。何万人が同時に辿り着くはずはない。故に、対応にも余裕があったはずだ」

「左様、羽柴軍は己で準備したものを、転用して使用した。あの羽柴殿じゃ、報奨金も奮発したに違いない。常の行軍なら、備中高松から一月《ひと》は懸かるはず。瞬時に、決断されたのじゃ」

「さすれば、糞尿も、腰兵糧を口にするのも……」

「移動しながらの者もおったはずじゃ。糞尿が付いて臭かろうが、雨も降っていた。早く着いて手柄を挙げれば、出世も思いのままじゃ」

熊丸も教如も話を聞いて、「ううむ」と唸るしかなかった。

「明智殿は、柴田殿への工作は入念にされた。俺は羽柴軍への備えも伝達したが、念頭にないようだ」

「惟任日向守《これとうひゅうがのかみ》（明智光秀）ほどの御仁も、『六月二日に上様が、数百人の供回りだけで本能寺に滞在する』との事実を知って、胸中の鬼が動き出したのであろうな」

「若は、人の胸に住む鬼までを操りなすったな……。大した御仁よ……」

小屋の外は、静かに雨が降り続いた。

梅雨の後の夏を待ちながら、草や虫たちはずっと雨に打たれて耐えている。

――教如は、顕如様に間もなくお逢いできるぞ。弾正大弼と嫡男の討死の報が、雑賀の鷺森に届くには、まだしばらくの猶予が必要だ。

七

天正十年六月二十七日（一五八二年七月十六日）は、孫一郎にとって大きな転換の日だ。

一に、教如が顕如と面談を許された日だった。

「顕如様、御目文字を許していただき、恐悦至極《きょうえつしごく》でございます。拙僧は、この日を幾度夢に見たことか……」

そこまで口上を述べると嗚咽が洩れた。

顕如とその横に座る如春尼は、春の日差しを浴びた如くの輝く表情で座っていた。

「おぉ、教如、逞しい顔になったの。ようやっと、そなたに逢う段取りとなった。さぞや、この父を恨んでおろう」

「何を仰せでございます。拙僧は、ご配慮くだされた顕如様のご高配に、日々感謝をいたしておりました」

「されば、我らも憂慮の念が軽くなる。雑賀の孫一大将より、常に一報を入れてもらったぞ。雑賀の鷺ノ巣窟におると聞いて、何度忍んで訪ねようとしたか。だが、門主の拙僧が短慮を起こせば、向後の本願寺が思い遣られる。憂慮するばかりで、一歩も足が踏み出せなんだ」

「左様でございます。妾も顕如様の苦しい思いを拝見して参りました。ご奮闘くだされた教如殿だけを悪者扱いで良いのか、眠れぬ夜を重ねて参りました。真に、相済まぬ。赦《ゆる》してくだされ」

教如は泣いて詫びる母に駆け寄って、慰めたい衝動を抑えた。

「如春尼様、拙僧如きに、それほど憂慮していただき有難いことでございます」

その後如春尼は、顕如と教如の小宴の準備をして下がっていった。

「教如、お主に伝達したき事実がある。織田の脅威は、明智殿が謀反を起こしたお蔭で消えた。されど、蔭で操ったは、……」

「顕如様、拙僧は分かっております。同朋のお力である故……。十三歳より変わらずに支えてくださいます」

「左様、決してこのご恩は失念するでないぞ。拙僧が憂慮するは、織田のあとは、どうやら羽柴らしいが、その後は未だ知れず。本願寺は、石山の地を追われはしたが、決して敗北はしておらぬ。されど、向後、時の為政者は本願寺の力を殺ぐために、種々の陰謀を施してこよう。我らは、合力してこの末法の世を乗り切らねばならぬぞ」

「左様、本願寺の御為には、向後も身が引き裂かれる事体を切り抜けねばなりませぬ」

「我らの和解の良き日を、今日に設定したは、孫一郎殿の助言よ」

「はて、何故に？」

「今日はな、織田家の家督の行末を決めるために、『清州で談合が持たれる日』だそうだ。孫一郎殿は、『この日ほど、安心な日はござらぬ』と申しておった」

「流石は、孫一郎でございます」

鷺森本願寺の奥書院に、近くで鳴く鷺の声が耳に届いた。

常は煩く感じる鳴声も、本日は耳に心地良い。

八

同じく六月二十七日の未の刻。

清州城の広間では、先ほどから武将の怒号が響き渡っている。

「織田家直系である三法師《さんぼうし》殿（織田秀信）が家督を継ぐに異論はござらん！　但し、三法師様は幼子で有らせられる故、後見人が必要である。その後見人には、逆賊明智討伐に功績のあった三七郎殿（織田信孝）が剴切《がいせつ》である」

「何を謂われる。御本所殿（織田信雄）が嫡流に血が近いお方ぞ。余人に代え難し！」

「討伐の功績のない御本所殿では、この織田家を掌握するは、至難であろう！」

織田家麾下の第一である修理進《しゅりのしん》（柴田勝家）を始め、羽柴（秀吉）、丹羽（長秀）、池田（恒興）各大将が、三法師の後見人を誰にするかで、喧々諤々と談合をしている。

孫一郎と熊丸が天井裏から覗いて、欠伸を噛み殺していた。

「熊丸、彼奴らの談合はいつ終わるのだ？」

「若は、何を仰るやら……。わざと織田家中の内訌が突如として発生するように、三法師殿を担ぎ上げたのをお忘れか」

「まあ、羽柴は流石だな。三法師に玩具で懐柔し、広間には己が抱き上げて来た。重臣が、三法師殿に平伏せねば無礼となろう。羽柴は平然と同列の重臣に頭を下げさせたぞ」

「これで連中の頭からは、禁裏も本願寺も雲散と成り申したな」

「如何にも、羽柴を如何すべきかに頭がいっておる。禁裏様や本願寺の後継について、口出す暇はのうなったの」

広間では、美濃と尾張の領地の境界で、弾正大弼の次男と三男の口論が始まった。

「毛利は三家の団結が優れており、内訌の兆しは見当たらぬ。織田家中も、見習って欲しいものよ」

織田家中の内訌が続く間に、やっと和解した顕如と教如親子の足場を強固にするべきだった。

孫一郎は、人の良い教如の顔を思い浮かべた。

「さてさて、次は如何様な一手を指すべきかの」

「若、内訌の間に、禁裏と本願寺と雑賀のための軍資を稼いでくだされよ」

孫一郎の目の前では、屋根裏に住み着いた蜘蛛が、巣を丁寧に編み上げていた。

――蜘蛛さえもが、日々苦労をしておる。俺にとって、教如に頼りにされるは、無上の喜びよ。俺も、あちこちに蜘蛛の糸を張り巡らして、獲物を漁るとするかの。

第五章　本山移転

一

九月九日の酉の刻。雑賀の鷺森にある本願寺内の奥書院で、顕如がささやかな重陽《ちょうよう》の節句の宴を開いていた。

「今日は、目出度い。教如が無事に本願寺に在るは、雑賀の孫一様と孫一郎殿、禁裏御用の方々のお蔭です。大坂抱様から退避して、二年ほどでこうして親子の対面が叶うとは夢のようでございます」

般若湯と共に、教如の好物の煮豆が大量に用意されている。

「おぉ、かように美味い菊酒をいただくは、初めてでござる。孫一郎殿が拙僧のために骨を折ってくれたお陰ぞ。熊丸殿も真に、よく合力してくださった。幾重にも御礼を申し上げる。拙僧だけでは、幾つ命があっても足りぬ事体であった」

ポルトガルの水主に教えられた『ふぃりぇーす』を、孫一は包丁人に作らせて持参した。

「真に美味でございますな。これが饂飩の粉に鶏卵を混ぜて揚げたものでござるか。かような南蛮渡りのものではござらぬが、小麦粉の替わりに、粳米《うるち》と糯米《もち》を粉にして練り茹で上げてから、揚げたものも食した覚えがござる。その折も、驚愕する美味しさでございました」

孫一郎が頷いて聞いていたが、

「この『ふぃりぇーす』の小麦粉の代わりに、教如殿の好物の大豆でできた豆腐で作ったものを今年の報恩講で振舞ってはどうかと思っての。親子が揃って仏事に向かうは、久し振りでござる。この雑賀の地で、立派に本願寺は団結しておる様を内外に喧伝するに、馳走を振舞うはまたとない機会じゃ」

顕如も身を乗り出した。

「ほほぅ、報恩講は十一月二十八日まで修行される。そのお斎《とき》に、振舞うのじゃな。かような馳走が振舞われると判明いたせば、畿内一円は元より、美濃や尾張、三河、遠江や若狭、越前、播磨辺りからも、『ふぃりぇーす』を食しに参るやもしれぬな」

「顕如様と教如殿の顔と、この『ふぃりぇーす』は格別な評判を呼びましょう」

「日持ちもするし、仏事における食物に適当でござる。されど、南蛮語での命名は呼び難し。門徒衆が気軽に口にする名称はないかの」

「『飛龍頭《ひりようず》』と申しては如何じゃ？」

と、顕如が突如、口にして笑い出した。

「我らを龍に例えるおつもりか？」

「如何にも、音が似ておろう。弾正大弼と遣り合った我らだ。せめて、食物ぐらいに思いを込めてみたいぞ」

わっはっは、わっはっはと、笑い声が行き交った。

石山の地を追われはしたが、旧知が集えばかように心地よい楽土が存在する。

中庭に集う野鳥が、声に驚いて飛び立った。

代わりに、野鳥に狙われていた虫たちが恐る恐る鳴き出した。

二

「さて、孫一郎殿、織田家中の清州での談合のあとは、如何相成ったかの」

重陽の節句に託けて、顕如に不意打ちに尋ねられた。孫一郎は、慌てずに答えた。

「やはり、織田家中の動向は見逃せぬ。一番の対立は、柴田と羽柴でござる。三法師殿を挟んで、表面上は、織田家の次男（信雄）と三男（信孝）が後見人を争っておる体でござる」

「その次男殿は、明智殿討伐にほとんど功績はなかった。だが、血筋は正しいので柴田殿も推されておる。それに対して、三男殿は、血は薄いが羽柴殿と組んで、明智殿を討伐した。拙僧では、両者の行方が掴めぬ」

顕如が、忌憚なく答えた。

「柴田殿は弾正大弼の存命時、家老第一の位置であった。されど、明智軍討伐の功績により、羽柴家が河内や丹波、山城等の畿内で増領となった。柴田家も北近江三郡と長浜城を得た。だが、この遺領配分によって、羽柴家は柴田家を反転した」

「大した出世よの」

「左様。羽柴殿は、急な台頭は己に不利に働くとして、お市ノ方と柴田殿の婚姻を勧めたのだ」

「羽柴殿は、お市ノ方に大層な執心だと聞いたが……」

「彼奴は、鼠のような容貌をして、敵対する者の胸中にすんなりと入り込む。相手が油断しておる間に、万端な準備を進める輩よ。執心も、何処までのものかは不明よ」

「さすれば、こたびも？」

「俺なら四月の雪解けを待って、北ノ庄に侵掠《しんりょう》をするさ。養子の柴田伊賀守（勝豊）を調略で、反逆もさせる。あの養子は、他の養子や従弟の佐久間玄蕃允《げんばのじょう》（盛政）とも仲が悪い故、柴田家の一穴《いっけつ》を崩すとしたら彼奴かの」

孫一郎が憂慮して答えた。

菊酒を共に飲んでいた顕如たちは、「孫一郎殿は、憂慮が過ぎるぞ」と笑っていた。

孫一郎は、奥書院の障子を開け外気を入れた。

隙間から空を見上げると、鱗雲《うろこ》が千切れて強風に流されている。

――本願寺が門徒衆のためを思えば、本拠に早く戻らねばならぬ。門徒衆が得心のいく為政者をそろそろ選ぶかの。

三

天正十一年七月四日（一五八三年八月二十一日）の申の刻、孫一郎は教如と共に、和泉の貝塚の願《がん》泉《せん》寺に入山をした。

「孫一郎、眼の廻る慌しさよ。つい十日前は雑賀におった。それが、今日は貝塚におる。石山の地があった摂津までは間近である。孫一郎の計略の通りだの」

「羽柴殿も真宗門徒衆を味方に入れれば、己が栄えるが得心できたのだ」

戯言《ざれごと》を交わしながら、本堂に入る。

本堂は、入り切れないほどの人で溢れていた。

先日には、堺坊舎の寺領の百八十石が返還された。

「大層な人だの」

「田舎から総出で、祝いに来た甲斐があったぞ」

「お前ら、暖気《のんき》なもんだな、遊山に来たのか」

「急な貝塚への移転の理由を、知っておるか」

「お前様、何のことだ？」

御真影《ごしんねい》の御動座は、一生の内に一回あるかないかの大事だ。

周辺の門徒衆は農作を放って、本願寺に参集をした。

「儂ら、慌ててやって来ただ。難しい訳なら、庄屋様に謂ってくれ。儂等はお参りに来ただけじゃ」

一連の遣り取りで、どうやら牢人者が周囲の者を煽っているのが伺えた。騒動を起こすための計略を立てている様子が見て取れた。

「生仏様に、手を合せせん者は帰れ」

「そうじゃ、そうじゃ」

牢人者の周囲の者は、誰も貝塚移転の子細《しさい》は分かっていなかった。

「もうその辺にしとけ。念仏申し上げるために、貝塚に来たんだろ」

孫一郎が、武将装束で凄んだ。

「お侍様、儂は大事にするつもりは……」

「本願寺から袖の下でもいただくつもりだったか。目出度い日に水を差すなよ。これで忘れろ」

孫一郎が小声で、袖の中に銀の小粒を投げ入れたようだ。牢人者は、小粒を確かめると、しきりに頭を下げて本堂から出ていった。

「孫一郎、貝塚移転には、裏の理由があるのか？」

「酒代欲しさに、ほざいていただけだ」

本堂を見回してから、中庭に入った。

「熊丸、雑賀が面倒に巻き込まれるぞ。孫一大将は如何じゃ」

中庭の植え込みに身を隠していた熊丸が姿を現した。

「こたびの羽柴軍は、根来《ねごろ》寺衆と対立した由。討伐の噂は、本願寺の移転のための幻惑との噂もある。まぁ、それだけ本願寺の銀と、商工人共の技術が必要なんじゃや。羽柴方は、石山の地に一日でも早く築城し、手中にした権力を万全なものにしたいはず。詳細は追って、伝達する」

熊丸は、茂みの中へ姿を消した。

――大坂の地に築城するは、羽柴にとって、弾正大弼を越えた証ぞ。のろのろとする彼奴ではない。

本願寺にとって、良き風が吹き始めたようだ。

本堂に近付くと熱気のためか、ムッとする温気《うんき》が流れてきた。

――この温気があれば、本山が何処になろうとも、門徒衆は念仏を称えに参るだけだ。

四

天正十三年五月三日（一五八五年五月三十一日）、大坂の天満《てんま》に本願寺が移転をした。

門徒衆は、寄れば口々に、

「本願寺虐めでは、あらへんかの」

「大坂抱様以来、本願寺は攻略されたわな」

「こたび大坂城が築城されても、本願寺が反逆する恐れはあらへん」

「豪《えら》く、見縊られたもんやな」

「臥薪嘗胆《がしんしょうたん》って言葉を知らんのか？　今に見とれ！」

と、教如が隠密で寺内町を廻っていると、町人等は謂いたい放題だった。

「教如、大丈夫か？　もう良かろう。気に障るぞ」

孫一郎が大陸へ交易に出懸けて、一年振りで帰坂した。顕如から、孫一郎と一緒ならと微行《びこう》を許可された。

「かような町人の声を顕如様が聞かれたら、打っ倒れるな」

「拙僧も左様に思うぞ。巨大な大坂城のすぐ目の前に本願寺とは……。それも、増水でたちまち浸水してしまう中州ぞ！　我らや門徒衆を惨めな心情にさせるためか！」

「見せしめよ！　本願寺が反逆できぬように見張るためと、移転に次ぐ移転で、本願寺の銀を遣わせる魂胆があるのさ」

「羽柴殿は本願寺からの報告に助けられて、天下を獲ったとの思いはあるはずじゃが……」

「されど、これだけの天下の一大事を計略した本願寺と雑賀を恐ろしく思っておるはずじゃ。特に教如を助ける門徒衆や武将があとを絶たん。羽柴方には、脅威よの」

「これより、如何すべきかの？」

「慌てるな、教如。明智殿のように直ぐには、始末はできぬぞ。羽柴方の本願寺への処遇は手厚いからの。教如には千利休殿と太い繋がりがある。羽柴方も、他の武将への手前、邪険にはできまいて」

寺内町を歩いていると、風に乗って、青葉の清々しい匂いが鼻に入ってきた。

「教如、大地は良いのう。土や木の香りの何と清々しい。日本《ひのもと》に住んでおると分かるまいが、これほど四季が豊かな国は珍しいぞ。更に、民衆が礼儀正しいのは、念仏を称えておる故と俺は思うぞ」

大海原を航海し、大陸や南蛮とも渡り合う孫一郎は、念仏を称える教如をそのまま認めている。

教如の目の前を、燕が何羽も旋回をして飛んでいった。

「孫一郎、あの燕たちもお主を慕って付いてきたのかの。夏が近いな」

石山の地と本願寺を比較して、教如の心も荒みかけていた。

孫一郎と燕によって生じた薫風が、教如の胸中の黒雲を払い除けていった。

五

天正十八年（一五九〇年）一月、大坂の天満の本願寺本堂では盛大に修正会《しゅしょうえ》の法要と、そのあとの祝宴が開かれていた。本堂には門徒衆は僅かで、坊官衆で埋め尽くされていた。

「いやぁ、目出度い。こたび、太閤殿下より京都移転を申し付けられた。京都は、親鸞聖人が大谷の地に開山し、更に山科と慣れ親しんだ本願寺の故地である」

「左様、左様。我らの本願寺は比叡山に近く門跡寺院として、大いに発展する余地がある」

「噂では、本格の移転は来年辺りであるそうな」

大多数が、大いに浮かれている。

その中で険しい表情で居並んでおるのは、天正八年六月二十七日に入眼《じゅがん》（仲直り）を果たした顕如と教如であった。

「教如、石山の地には広大な大坂城が築城を終えた。更には、太閤の推挙により『権僧正《ごんのそうじょう》』と相成った。『これで、大人しくしておれ』と、太閤の恫喝《どうかつ》が聞こえてくるようじゃ。されど、ここで挫けてはならぬ。拙僧は、当代である故、為政者に穏やかな顔を見せていく。教如は、向後も本願寺を第一に考えてくれ。試練ばかりで、相済まぬ」

「顕如様、何を仰る。拙僧は心得ております。向後の『聖人一流』を守るため、本願寺の土塀と成る覚悟でございます。もし、拙僧が道半ばで倒れても、准如《じゅんにょ》殿がおります。本山から出られましたが、興正《こうしょう》寺の顕尊《けんそん》殿も入眼の折の如く、骨を折ってくれましょうぞ。顕如様は、何卒、心安くお過ごしくだされ」

周囲の者は般若湯を口にし、酩酊している者が増えてきた。

一人の僧侶が立ち上がり、怒声を飛ばした。

「皆衆、お主等の眼識はないのか！　本願寺を石山の見えぬ京都に移転しても、もはや歯向かう牙はない、と踏んだ上での移転ぞ！　弾正大弼と十一年もの長きに亘り、対敵してきた本願寺を甘く見られたものと思わぬか！　顕如様のお顔を見ずに浮かれておる輩は、破門されても否はないはず！」

折角の修正会を台無しにしおってと、苦々しい顔をする者もいた。

「宝徹《ほうてつ》殿（雑賀孫一郎）、左様に面に表しては、親鸞聖人がお嘆きであるぞ！」

「そこまでじゃ！　間者が大言を吐くでないわ！」

本願寺も、以前のような盤石な結束が保てぬ場合があった。

孫一郎は時折、宝徹の装束を着こんで談合をして廻った。その時、教如の周囲を取り巻く人々の意識を試していった。今日も一人の間者を炙り出した。

六

京都堀川六条の本願寺の境内の隅に、紫色の美濃菊が咲き始めた日、孫一郎が唐渡りの地図を抱えてきた。

教如は地図を見ながら孫一郎に、大陸の様子を詳細に問い質した。

「すると孫一郎、何か？　地図は切れていても酉（西）の方角に行けば、地面に終わりはないと？　地面や海の切れ目から、谷底に落ちはせぬと！」

「左様、船で同じ方角に進めば、また帰ってくるそうな。大陸のあちこちから航海するどの船頭に聞いても、海の割れ目に挟まって沈んだ船はない。嵐で沈む船は多いがな。地図を片手に、珍しき話を三条の浄光尼様にお伝えしようかの」

「真に浄光尼様は、ついこの間も、お元気なご様子じゃった。この地図を見せれば驚愕されようぞ。造作にはまだ取り懸かれぬが、本願寺が六条の地を賜ったは、浄光尼様のご尽力に負う処が大きいぞ」

二人は浄光尼の驚く様を思い浮かべていた時、三条家の公家侍が駆けこんだ。取次の坊官が慌てふためいてやって来た。

「教如様、三条家の刀自《とじ》様が先ほどお浄土にお還りになった由。教如様と孫一郎様に遺言を遺された由。ご当主様より内密に、お越しいただきたいとの由」

二人は話題にしていた浄光尼の死を知らされ、驚愕した。

「浄光尼様は、間もなく親鸞聖人と同じ卒寿（九十歳）にお成りであった」

「ご高齢と謂えども、矍鑠《かくしやく》とされておったに……」

不審を覚えながら、三条家に向かった。

仏間に据え置かれて浄光尼は、微笑みを浮かべお浄土に還られた風情であった。

教如と孫一郎が、鄭重に合掌をした。待ち兼ねていた三条家の家司が、若い当主の公盛《きんもり》を支えて挨拶を返した。

「殿様、次の弔問客が参るまで自室にてお寛ぎくだされ」

と、公家侍に自室に連れていかせた。

家司は目配せで、己の居間に二人を誘った。

「おぅ、孫六郎、こたびは豪い目に遭ったな」

「兄者、浄光尼様は今朝、なかなか起床のお声が懸からなかった。奥女中が刻限となった故、お声懸けをしたら、もう息をしておられなんだ。奥女中は機転の利く女子で、直ぐに俺を呼びに来た。居室に入ると、俺等が見れば分かるが、濡れた美濃紙を顔に張り付けた痕跡が僅かに残っておった」

「殺されたな！　大抵は、心ノ臓の発作として診察される」

「如何にも。懸かり付けの医者に左様に記してもらった」

「何か、手懸かりは残っておらなんだか」

「あったが……」

孫六郎が口籠っている間に、雲が陰って居室が急に暗くなった。

七

「浄光尼様の居間の床間に、鈴生りの青瓢箪が活けられておった……」

「何と、瓢箪とな……」

孫一郎が「瓢箪」と口にしてから、急に押し黙った。

「孫一郎、瓢箪が如何いたしした。『瓢箪』なら太閤の旗印であるが、それとこれとは……」

「いやいや、関係があるぞ。太閤からの恫喝ではあるまいか。太閤が戯言に、『本願寺の新門殿は偉丈夫で、知恵も深いと巷での噂じゃ。だが、本山を移転させても感謝を口にせぬ。報恩感謝が身に着けば申し分ないがのう』と、周囲の者と笑っておったそうな」

教如は、その言葉を聞いて気色ばんだ。

「感謝をするは、太閤の方でござろう！　本願寺と雑賀の計略で明智の討伐が成ったのだ。何故、功労者である我らを笑い者にする！　ましてや、三条家の浄光尼様が何の罪があるのじゃ！」

「落ち着け、教如。権柄《けんぺい》とは左様な者じゃ。己の影を知る者を許さぬ。太閤は向後、教如に敵愾《てきがい》を露わにするは必定よ」

孫六郎が堪らずに問うた。

「兄者、雑賀も、か？」

孫一郎が、苦々しい表情で答えた。

「いや、雑賀には懐柔策を出しておる。太閤が雑賀を取り立てて、向後の軍に備えようとしておるのじゃ。つまり、我らを離反させようとしておる。だが、案ずるな。俺と教如は同朋よ。決して、離反はせぬ」

三人が、固く頷き合った。

外でも、野分が近付いている。

ごう、ごうと、強風が吹き始めた。

第六章　九州下向

一

「おい、聞いたか？　こたび、太閤が、九州討伐を決意されたぞ」

禁裏隠密の棟梁の熊丸が、『孫一郎が、ジャガタラから戻った』との報を受け、本願寺の教如の居間にやって来た。

「おぉ、俺も博多大津で左様な報を受けたぞ。博多は堺と同じように、今でも合議の町経営を行っておる。雑賀もそうじゃ。どこも稼いでおるぞ」

「若、博多の気骨のある大商人が、太閤に反逆するか合力するか、見物ですな」

「左様。九州の大小名は、博多商人の去就を見詰めておる。だが、太閤は、中国征伐で石見銀山を手中に納めた。莫大な銀を操作する太閤に、手出しはできまい。島津殿は抗衡《こうこう》をするだろうが、博多商人は手向かいなしで終始すると思案した」

教如が腕を組んで考え込み、熊丸がすかさず聞いた。

「禁裏の対応は如何相成るかのう？」

「都より遠方の軍故《いくさ》、禁裏様には何事もござらぬ。むしろ、教如に難題が起きようぞ」

「さて、我らはやっと落ち着いてきたばかり。顕如様の身体の加減が優れぬ日もある。九州に関わる暇はないと思われるが……」

教如がのんびりと答える間に、熊丸が膝をぽんっと一つ叩いた。

「教如殿、太閤は何事も派手好み。九州と謂えども大軍を引き連れて、軍力を誇示するはず。さすれば、各大名の国元が安寧《あんねい》であらねばならぬ。安心して軍兵を派遣できるかが派兵条件のはず！」

「左様、先般の石山での戦いのように日本《ひのもと》中で一向一揆が再度、噴出《ふきいだす》事体は、太閤は見過ごせぬ」

教如も、檄文を各地に送付した事実を想起した。

「すでに、一揆が何処かで勃発していようか……」

「儂らの耳には、届いておらぬが……」

「俺が越前や越中の殿様なら、怖くて国元を離れられぬ。つまり、向後、一向一揆の憂慮のある大名から太閤に嘆願が出されると思案するぞ」

日本《ひのもと》中の大名に、真宗門徒の存在を疎《うと》ましく思われては一大事だ。

にわかに、教如の表情が引き締まっていった。

二

天正十四年（一五八六年）の九州征伐が始まる直前の六月の戌の刻に、熊丸が教如の居間にやって来た。

「やはり、嘆願書ではなく、いきなり命令書が出されたぞ。加賀の前田家本家から、越中前田家に出されたものを少々拝借して参った」

熊丸は、禁裏御用方からの諜報活動の折をみては、教如の様子を見に来た。

孫一郎も、大陸から戻ってきた。

「やはり、嘆願書の類が出されたのだな。左様でなければ、九州下《くんだ》りまで、誰が行く？　恐ろしくて行けねぇぜ」

「左様、記されている内容は、『九州出陣に当たり、本願寺門徒衆から、人質《ひとじち》を取るように』といったものだ」

驚いた教如は、

「人質ですと？　大仰《おおぎょう》な！」

と、憤慨をした。

「いやいや、本願寺は先の石山の戦いで大大名の石高に勝る力を発揮した。更に、合力を願い出たは、日本《ひのもと》の半数に及んだ。左様な本願寺が後楯に成り得る本願寺門徒衆は、有力武将と同列と見做すべきだ」

「孫一郎、お主が左様な考えの持ち主だったとは……」

「おいおい、教如、早合点するな。『彼を知り己を知れば百戦殆《あや》うからず』じゃ。敵情を正しく把握し、己をよく弁えて戦えば、何度戦っても勝つのじゃ。雑賀は常に、負けぬ戦いをしてきた」

「教如殿、若の仰る通りでござる。本願寺は、確かに以前の力は戻っておらぬやもしれぬ。されど門徒衆が『破門されれば、極楽往生が叶わぬ』となればやはり、本願寺の意に添う行動を執る。為政者《いせいしゃ》は、そこが恐ろしいのよ」

中庭では、青葉木菟《あおばずく》が気持良さげに鳴いていた。

「青葉木菟の野郎、餌にあり付いて、塒があればご機嫌だ。人間の諍いの種は、どうしてこうも次々と芽を出してきやがるかの」

三

翌年の二月に熊丸は再び、本願寺門徒衆に関わる命令書を持参した。

教如の居間には、琉球《りゅうきゅう》から戻った孫一郎もいた。

「若、お早いお戻りでござるな。前田家の命令書が手に入ったで、見てくだされ」

越中前田家の被官の有賀泰介（直政）が、越中善徳寺、常楽寺に宛てて発したものであった。

『利勝（前田利長）様の九州ご出陣に当たり、本願寺門徒衆から人質を取るようにと金沢の前田家本家から命じられたので、その旨を記した折紙をもって所々に伝達した処である。人質と成り得る確かな人物を当城（富山城）まで差し出すこと。その後、その人質は金沢の尾山《おやま》城に送り届けられることになっておる。利家（前田）様の命令書の写を被見に備えて進覧するが、子細は使者が述べるであろう』

といった文面が読めた。

「大坂抱様の折、大層世話になった大寺である」

教如は、愕然と項垂れた。熊丸は、続けた。

「何処の寺も、人質として有力なのは、姫御らしいですぜ。男子を預けて、万が一の場合、また一揆が再燃すると一大事故」

孫一郎が、教如の様子を伺いながら、

「教如、この事体を抛擲《ほうてき》してはおけんぞ。顕如様も憂慮されておろう。ここは、お主が九州に下向して、門徒衆に範を垂れるのじゃ。それが、日本《ひのもと》中の門徒衆の憂慮を晴らす手立てぞ」

「教如殿、早い方が実効《じっこう》は高いと思われる」

本願寺は、本山の土台を固めようと鋭意努力をしていたが、各地の門徒衆の立場を守るために、教如自らが、太閤の陣中見舞いに赴く事体と成った。

四

天正十五年三月二十二日（一五八七年四月二十九日）教如は、備後の光照寺に到着した。

関白の九州動座を見舞うための、宿継である。

孫一郎が商いで唐を航海する船で、備後灘まで同乗してきた。

石山の本願寺合戦の折、鞆《とも》の浦から大量の兵糧を輸送した基幹寺院が光照寺であった。

親鸞聖人の六人の直弟の一人といわれる明光上人が、建保四年（一二一六）に開基した。以来、教線は、中国一円に広がって、備後、安芸、石見まで伸び、中国地方の本山格となった。三百余りの末寺を誇り、本山から直末同様の待遇を受けていた。

「皆衆、九州の太閤を見舞うために、新御所様が下向される事体となった。坊主衆は相談の上で宿所の準備に努力しべし。『たまさか』の稀《まれ》なる機会であるから、門弟中は一人も残らず参上すべし」

と、光照寺の住持である祐善は広く触れた。

結果、教如が沼隈《ぬまくま》湊に到着した折は、湊から光照寺までの路傍は立錐《りっすい》の余地がないほどの門徒衆で溢れていた。

「おぉ、あのお方が新御所様の教如様でござるか」

「石山の戦いの折は、我らの気持ちを汲んで、大坂抱様として最後まで戦ってくださった」

「我らが、極楽往生するための本山を、織田軍の馬の蹄で汚されたくはないと、抗衡してくださったお方よ。南無阿弥陀仏、南無阿弥陀仏」

「たまさかのお成りに、生仏にお逢いできて、冥土の土産もこれ以上はないぞ」

と、何千の人垣が切れ目なく続いていた。

「太閤様の陣中見舞をされるそうな。教如様が太閤様に合力をされる。反逆したら、罰が当たるわい」

「そうじゃ、そうじゃ」

南無阿弥陀仏、南無阿弥陀仏の声に混じって、教如を拝み涙する門徒衆が、終日、絶えなかった。

宿所である光照寺の大門も、寺を取り囲んで念仏を称える声に揺れている様だった。

光照寺の山門は軟な門ではない。四脚門の本柱、控柱とも円柱で堅固とした造りである。土地の幼子が、「何かいいもんをくれ」と駄々を捏ねると、「いいもんがそれほど要るのなら、光照寺へ行って見い！　いい門があるぞ！」と、幼子を沈黙させる壮大な門だった。

その門が、揺れている。

太閤の忍びたちは、圧倒する門徒衆の実力を余す処なく伝えた。

五

四月二十三日の酉の刻、太閤の指示で教如一行は、雑賀の軍船で薩摩の出水《いずみ》に入った。坊官や寺侍と多数の門徒衆と共に、孫一郎も目立たぬ商人の体で紛れていた。

豊臣軍本隊は、豊前の古処山《こしよさん》を鮮やかに落城させて陸路で出水に入っていた。

教如を本陣に迎え入れた太閤は、満面の笑みを称えていた。

「これは、これは新御所殿、遠路遥々、よう参った。教如殿に白湯を馳走せよ」

「破竹の勢いの進軍の報に触れ、急ぎ参りました。して、太閤様が本願寺をお待ちと伺いましたが……」

しばしの沈黙のあと、軍監（軍奉行）の黒田官兵衛（孝高《よしたか》）が口火を切った。

「存じ居りの通り、太閤様の本隊は、小倉城、筑前の馬ケ岳を進軍し、古処山城を瞬く間に、落とした次第」

「周辺の武将が大層驚き、雪崩を打つように多数の武将が反逆をしておるそうな」

「如何にも。古処山城攻めでは、五万の軍勢で取り囲み、夜半に百姓衆に松明を持たせて威嚇した。翌日は、秋月方が破却した益冨《ますとみ》城の城壁を奉書紙で覆い、一日で改修した様を装った次第。故に、我が方の被害は、ほとんどござらぬ。逆に、敵方の戦意を喪失させ、軍の収束が早まった次第」

「それは、重畳」

「こたびの川内《せんだい》への侵掠も、被害を最小に留めるが肝要と思う次第。特に清色《きよしき》城は険しい山頂に建つ山城。城への登口の両脇は、切り立った断崖の空堀が設けられておる。清色城は更に、薩摩の南端で、攻め悩めば敵方に包囲されるやもしれぬ。そこで、奇策を思案した」

清色城の攻め難さは、一同が周知する事実であった。

「獅子島《ししじま》の門徒衆に、教如殿から『合力せよ』とのお声懸かりをいただきたい」

教如は、軍監の黒田の威圧する態度に反駁を覚えた。

太閤を見ると、こちらにはもはや関心が消えた顔で、しきりと絵図を覗き込んでいた。

——本願寺が、「否」と返答する事体にはならぬと、こちらを侮っておる。新門は軍の駆け引きも分からぬ阿呆と思うておるな。今に見ろ！　だが、ここは自重せねばならぬ。獅子島の門徒衆が人質にされてしまう。

苦しい胸の内を隠し、教如はにこやかな表情で問い返した。

「して、獅子島の門徒衆に、如何様な働きをお望みでございますか？　ほとんどが漁師故、大した働きは成さぬと思われるが」

黒田は、教如の言葉を鼻であしらった。

「無論、漁師に大それた策を授ける算段は毛頭ござらぬ。兵を出水から小舟で分散乗船させ、獅子島近くの黒之瀬戸《くろのせと》を漕ぎ渡る。更に川内川を溯《さかのぼ》り、城の裏手側に着岸させる。小舟から軍兵を下船させる。空になった小舟は直ぐに取って返し、何回か運んでくるを遂行していただく次第。岸から城までは、せいぜい五十四町。軍兵が纏まれば瞬く間の落城になる」

軍監の黒田から、詳細を聞いた教如にとって『否』はない。

「委細承知《いさいしょうち》。本願寺は、太閤様に合力いたします」

教如が合力を表明した事実によって、九州平定は成ったも同然。

出水湊の上空を何羽もの鷗が飛んできた。

軍の収束が近いと、喜んでいるように見えた。

六

長門の赤間関《あかまがせき》では、『九州平定』の祝賀の宴が執り行われていた。

中央の太閤が、周囲に響き渡る声で教如に呼び懸けた。

「新御所殿、大層世話になった。獅子島のご門徒衆の骨折りで、奇策は上首尾。このご配慮は、太閤、深く肝に銘じたぞ。向後、困惑する事体が出来《しゅったい》したら、遠慮は要らぬ。何時《なんどき》でも、参られよ」

九州平定が上首尾に終わった太閤は、機嫌よく教如に接した。

教如は、武将との祝宴を早々に切り上げた。

宿所に引き上げると、孫一郎が現れた。

「教如、難儀だったたな。だが、向後、太閤の合力が得易くなった。本願寺内で身体の加減の優れぬ顕如様の名を遣った、坊官の権力争いが噴出《ふきいだす》と憂慮する。太閤の後楯があれば、何の憂慮も要らぬぞ」

教如は疲れを隠せぬ顔色で、孫一郎の言葉に頷いた。

「真に、太閤の後楯は心強い限り。人の心の機微をご存じだ。故に、巷では『人誑《たら》し』と申す輩もおる」

「されど、油断はするな。彼奴は、いつ掌を返すか分かるぬ。本願寺内の諍いで、教如に対敵する勢力が力をつけてくれば、簡単に教如を蹴落とすぞ」

「拙僧も、『為政者は風見の鳥』と得心しておる。風向きが変容すれば、変心するに羞恥はない。油断はせぬ」

「ならばよいが、忍びの一人が、千利休殿を見る太閤の眼差しの中に『邪心《じゃしん》』を見たそうな」

「邪心とは……」

「妬みや嫉みと心得よ。利休殿によって太閤はどれほどの恩恵を受けておるかは語るまでもない。その一方、太閤が地に這《は》い蹲《つくば》って、勢力を拡大した内情を利休殿も知っておる」

「その点では、雑賀や本願寺も同様であるな」

「如何にも。教如は利休殿の骨折りによって、大坂城に参上し、太閤に天満移転のお礼言上を申し上げた。本願寺の表の顔として、堂々と対した。これには、太閤が圧倒されたとの取り沙汰も有る。その後、利休殿の茶会に招待された。参加者はお主だけであったな」

「拙僧も、驚いたぞ」

「これに太閤は、疑心を抱いたと風聞が立った。人誑しとは、人の心情を先行して何十通りも考え憂慮する。本人が考えもつかない思案を、繰り返す。九州平定でも太閤は本願寺の力を使って、奇策によって平定を成し遂げた。故に油断をするなと謂うておる」

「されば、長居は無用じゃな」

孫一郎は頷くと、すぐ様、姿を消した。

教如は、坊官等に帰坂の準備を急がせた。

七

教如一行は、往路は赤間関より石見の方角を目指して向かった。

「たまさかなお成り故、是非ともお寄りくだされ」

と、謂われていた。

六月に入って教如がやっと石見の順勝寺に参った故、住持の了明と門徒衆は格別の馳走に務めた。

特に、『大盛』（大森）銀山が三朝《さんちょう》に並びなき産出量を誇っていた。

大檀那たる辻氏は、あろうことか白銀を教如に献ずると決めた。

順勝寺から辻氏宅までに、灰吹銀を盛砂として積み上げておいた。

何も聞かされていない教如は、

「この辺りの砂はあたかも白銀のように美しい砂ですなぁ。眩さに目が潰れそうでござる」と、呟いた。案内役を務めた順勝寺の了明が、驚く教如に解説をした。

「教如様、宿所の辻氏宅までこの美しい灰吹銀の盛砂が続いておりますぞ。……魂消ましたかな。さよう、真の白銀でございます。辻氏は、これら路傍の白銀をすべて教如殿に馳走をすると謂っておられる。門徒衆は誰もが極楽往生を願うてござる。辻氏宅では、有難い阿弥陀経を称えていただければと思うがの」

教如は驚愕した。以前に三河を訪ねた折は、大層な馳走を振舞ってもらった。されどこたび、白銀を山盛りとは、考え付かぬ振る舞いである。

大檀那の辻氏にとって、極楽往生の約定を貰えれば、白銀の盛砂を献上するなど容易い行為だった。

教如にとって、『志』が白銀であろうと、粥一椀であろうと、門徒衆が同じお浄土に還り付く事実に違いはなかった。

教如の態度に変化が見られぬ事実に路傍の門徒衆が驚いた。

「御新門様は、志が白銀であっても平然としておられる」

「志はその御仁の心持ち次第で良いそうじゃ。南無阿弥陀仏、南無阿弥陀仏」

「それなら、貧しい我らでも、お浄土に還るは可能ぞ。これで、安心に日暮ができる」

石見の門徒衆は教如の振る舞いを見て、格別熱心な念仏者になった。

一方、「日本《ひのもと》の『俺の銀山』から『志』の白銀を掠め盗りやがって」と、歯噛みをする太閤がいた。

第七章　門主隠退

一

天正十五年八月に、教如が草津湯治《とうじ》に出立する事体となった。坊官の他に、雑賀衆の軍師の孫一郎も陰ながら随行する。

「教如、草津のように離れた湯治場に行かなくても、有馬の湯は大層な評判であろうが。近場で、骨休みができるだろう」

孫一郎は、これで何度目かの諫言をした。

門主である顕如が半年ほど患っていて、先の五月にやっと本復を遂げたばかりだった。本復したばかりの顕如の合力をせず、遠く関東まで足を伸ばして良いのかと、暗に批難を込めていた。

「声高に申す訳には参りませぬが、顕如様からのご指示でござる。『拙僧は、長患いをして徒然《つれづれ》と、本願寺の向後を思案してみた。西方は、九州征伐の折に、教如が訪った。各地の門徒衆も喜色を露わにして、格別の馳走をした。拙僧が本復したこの折に、東方の教化も努めるべきと思案が着いた』と、仰る」

「顕如様が向後を案じておられたか。ならば、本願寺の地固めのための草津湯治か」

「無論、ご開様である親鸞聖人の遺跡も訪う。この計画は関白様のご承諾も得ておる故、気遣いは無用ぞ」

「ほほう！　されば、ご挨拶料が莫大な銀高に成ろうぞ」

「如何にも。先般、顕如様の本復の折、祝儀を下された禁裏を始め関白様方には、格別なご挨拶をと、念頭に置いておる」

「それだけでは、終わるまい。東方を訪うと成れば、関東を統べておる内府殿にも格別な馳走を心懸けねばなるまい」

「如何にも。下間等が往路にある先々の寺に、格別な馳走をと、伝達してある」

孫一郎が傍らを行く下間頼廉に聞いた。

「名護屋の聖徳寺、知多の光明寺、成戸の報土寺と願誓寺、墨俣の満福寺、足近《あぢか》の西方寺と正琳寺、清州が本拠であった名護屋の円通寺、津島の成信坊と心光寺、飛保《ひぼ》の上宮寺と勝宝寺と大願寺、犬山の西蔵坊等に、『馳走に努めてもらいたい。この度は、開山様（親鸞聖人）の遺跡も訪ねられる。関白様の承諾も得ておるので気遣いは無用』と文で認めた」

と、明かしてくれた。頼廉が孫一郎に、「教如様には内緒にしてくれ」と、語った処では、上宮寺が中心になって宿所の準備のあらましを進めているが、大方、三十貫ほど懸かるといって参ったとの由。

「教如様に馳走の内訳は詳らかにはできぬ。石山の地を退いて以降、以前のように入米が十分に入る訳ではござらぬ。こたびは、上宮寺に一統で割り振って都合をつけるようにと文をやった。だが、あまりの無体もでき兼ねる。孫一郎殿もこたびの湯治の合力を頼むぞ」

「無論よ。まずは、五百貫ほど持ってきた。憂慮いたすな」

孫一郎には、教如の魂胆は読めていた。だが、敢えて気付かぬ振りをした。

二

教如の草津湯治は無事に終焉した。

とりわけ、美濃の高木彦尉の馳走については、孫一郎は同じ話を幾度も聞かされた。

「孫一郎、美濃の高木氏の馳走は、格別に驚かされたぞ。何せ御茶屋を丸々一軒、庭に建てられた」

「あぁ、そこで山海の珍味を馳走してもらったと聞いたぞ」

「如何にして準備をされたか摩訶不思議であるが、唐墨なるものもいただいた」

「般若湯との組み合わせは絶品ぞ。俺も大陸で食した覚えがあるぞ。唐墨は格別な手間暇が懸かるそうな。日持ちはすると聞いたから、博多辺りから取り寄せたのであろう」

「それにな……」

「長良川の鮎の雑炊であろう？　お主から何度も聞いておれば、自然《じねん》と頭に入ろうぞ。余程の美味であったようだの」

「更にな、食後に茶の湯を振舞われた。鄙の地に稀な黒筒茶碗で出されての。飲み終えた茶碗底に残った茶の濃い緑が目に染みたわ」

「儂等も、十三の年から戦いに駆り出されて、格別の弊《つひえ》を溜め込んでおった。高木氏の馳走で、生き返った思いをしたのであろう。真に上々であった」

「草津の湯も天下一品よ」

「儂等も、御相伴に与らせてもらった。とろりとした夢心地の湯であったの」

孫一郎と教如は久方振りに、湯治旅の思い出に浸っていた。

悠々とした風が、居間を吹き抜けていった。

それと同時に、教如の居間に向かって、廊下を足早に近づいてくる者がいた。

「御新門様、一大事でございます」

頼廉が息せき切って、居間に転がり込んできた。

「只今、関白家から危急の使者が参り、かような文を持参しました。一《ひと》月の間に事の黒白を明らかにせよ、との由」

教如が慌てて文を受取り、読み進めた。孫一郎がその背後より覗き込んだ。

「聚楽第《じゅらくだい》の壁に何者かが落書を行って、損傷させた由」

「何故、左様な幼子の戯事《たわむれごと》に大騒ぎをせねばならぬのじゃ」

突然の使者によって、本願寺は手水鉢を引っくり返した騒ぎとなった。

「俺が聚楽第の様子を伺ってくるぞ」

旋風《つむじかぜ》の如く、孫一郎が消えた。

教如は、大渦が本願寺に近付いている兆しを感じた。

――本願寺が大渦に巻き込まれる事体は突如として来る。平常を保つが肝要ぞ。石山の戦いで弱った本願寺を、打ちのめそうとする輩が拙僧の周辺におる。

怖気《おぞけ》を震《ふる》う教如を見降ろして、中庭の鶯が美しい一声を発した。

――間もなく、孫一郎が戻ってくる。同朋である孫一郎なら、きっと何とかしてくれる。

三

天正十七年二月二十九日（一五八九年四月十四日）の未の刻、孫一郎は本願寺の主だった者を奥書院に集めた。

「顕如様、聚楽第の落書は一大事ですぞ。本願寺の対処を抜かると存亡に関わる。肝に銘じて、お聞きくだされ」

心労が重なった顕如は、蒼白な顔で孫一郎に頷いた。

「さて、聚楽第の落書は戯言で書かれたものではござらぬ。関白に対する批判を書いたと捉えられた。そのため、格別なお怒りだそうな。先の二十五日の夜半に露見した。玄以（前田）殿が密かに片付けたと聞いておった。されど、誰が注進したか、関白の耳に入ってしまった由」

坊官たちも顛末を耳にしたのか、書院内は森閑として音はない。

「そのため、番衆の十七名は、間もなく初回の処刑が執行される。鼻削ぎの刑だと……。番衆の務めを軽んじた故と聞いた。明日の三十日に再び、処刑が執行される」

坊官の頼廉が、生唾を飲み込み思わず聞いた。

「孫一郎殿、これ以上、如何様の刑があるのじゃ？」

孫一郎は雑賀衆の軍師を務めている。これまでの軍で、人としての尊厳を尊重してきたつもりだった。

「明日の刑は、耳を切った上で逆さ磔《はりつけ》にする由」

漣のように、「耳を切る」「逆さ磔……」と、絶望の声が広がっていった。

「番衆は、見せしめに処刑される。されど、ここからが本願寺への罠と思う次第。明日は、増田仁右衛門（長盛）殿と石田治部少輔（三成）殿が、『牢人衆の儀』について詰問にやって来る由」

坊官たちが、「牢人ではなく、衆とは……」「本願寺が牢人衆に遣らせたと……」と、口々に反駁した。

「黙れ！　罠だと申したであろう！　恐れながら、『徒党を組んで本願寺に逃げ込んだ』と、申し出た者がおる。どうせ、切れ者の治部少輔が仕組んだ上で、詰問に来るのだ」

教如が、遠慮しながら話し出した。

「治部少輔の計略というより、真に憤って落書に及んだ輩が困り果てて、本願寺を頼ったとしたら……」

顕如が、教如の言葉を即座に封じた。

「戯《たわ》け！　正体は、すでに闇の中じゃ。現に、何人かの牢人衆が本願寺に逃げ込んでおる。これは、動かせぬ事実じゃ。ここで、咎人に情けは無用である」

顕如と教如の申し出は各々もっともな事体であった。顕如が震える声を振り絞って続けた。

「本願寺が下手を打って庇えば、ご開様（親鸞聖人）以来の本願寺の明日はない。その者が真に本願寺に心を寄せておるなら、逆に、ここへは来ぬはずじゃ。教如が本願寺の御為を思って、弾正大弼から何年も逃げたであろう」

顕如は続けた。

「衰えた体躯に鞭を打ってでも、拙僧が対処をする。何人たりとも、これ以上の口出しは無用ぞ！」

孫一郎だけが、満足して頷いた。

四

翌日の三月一日には、孫一郎の報告の通り、増田仁右衛門と石田治部少輔が詰問に参った。

顕如は直ぐに対応し、あらかじめ押さえてあった尾藤道休なる者を自害させた。

間髪入れずに、その首級を差し出した。増田は、ほっと一息を吐いた。

「無理を申しました。門主様が率先して、追及された事実は、関白殿下に必ずやご報告いたします」

と顕如を始めとした本願寺を労った。だが、治部少輔は、

「本日の追及は、この首級で終焉といたす。されど、報告では、『牢人衆』と上がっている。一月の間に、何らかの対処がない場合は、番衆の如く厳しいお沙汰が下されよう。努々、ご油断なきように」

と、不敵な物言いで本願寺を脅していった。

これには、温厚な顕如も憤った。

「皆者、苦労を懸けた。本日は強風も吹いておる。故に、尾藤何某への追及はここまでにしておく。されど、明日の一番で、『牢人衆』が居住していた寺内町の一町四方を焼討に処する。怪しき者共は、拘束し詮議を施せ。明日は頼廉、早々にその旨を聚楽第の関白様に提出せよ」

三月二日、三日で、道休の同志である斯波義銀《しばよしかね》とも蜂屋謙入《はちやけんにゅう》とも、願得寺とその女房とも拘束した。

本願寺は常になく、早急に対処したと安堵をしていた。

だが四日の辰の刻、関白家の使者として治部少輔が再び本願寺を訪った。

「流石に本願寺は、危機に対して、機敏に対処していただけた。関白様も格別な思し召しでござる。そこで、関白様が『血判の起請文の提出によって終焉とする』と仰る。故に、この収束を機に、書いていただこうと某が参った」

治部少輔の話を聞くと、本願寺の門主一族のみならず、坊官以下諸侍、町人、家主に至る寺内町に関わる者すべてが起請文の対象になった。

『咎人を隠匿はしない』旨の血判起請文を、三月二日付けで作成し提出した。

これによって、事体は収拾された。

「治部少輔の奴め、本願寺を目の敵にしおって！」

孫一郎が本堂に入ると、多くの坊官が涙を流しながら憤慨をしていた。目を凝らしてよく見ると、その中心に顕如がいた。

「皆衆、忍耐せよ。これも、聖人一流のためぞ。一族の内、誰ぞが軸足を本願寺の本拠に置く必要がある。こたびは、拙僧が鬼の役目で守りに徹した次第」

教如に聞かせる言葉だった。

見れば、教如は涙を流しながら念仏を称えていた。

顕如の妻の如春尼も、末の息子の准如と共に、念仏を称え出した。だが涙を拭って、

「咎人が罪を逃れんために本願寺の寺内町に逃げ込む等、許せぬ所業。されど、かような事体を引き起こしたのも、闊達な教如様の気質故と噂する者もございます」

「如春尼、口を慎め！　教如は本願寺をここまで盛り返してくれた功績のあった者よ。拙僧の身代わりとなって、織田軍の矛先を躱した。教如がおらなんだら、本願寺は雑賀の鷺森で織田軍に侵掠されておったぞ」

孫一郎は夫婦の会話を、聞くとはなしに聞いていた。

――本願寺を守るための門主夫婦の業《わざ》であるな。教如には、分からぬやもしれぬな。あとで、解説をしてやるかの。

本願寺から張り詰めた風が消えた故か、鷺が数羽境内の楠の枝に止まった。

互いに、仲睦まじく羽繕いを始めた。

五

天正二十年十一月二十四日（一五九二年十二月二十七日）に、本願寺の第十一世顕如が示寂《じじゃく》した。

五十歳だった。十二歳で継職して以来、三十八年の間、本願寺を背負ってきた。

四日前の十一月二十日早朝に、中風（脳卒中）で倒れた。

早朝の勤行を務め、居間で寛いでいた時だった。

前年の一月に大坂天満の地から、京都七条坊門堀川に本山移転を命ぜられた。八月に仮宿所に移って、一年余りだった。

その朝は、「今年の報恩講を如何にするべきか」と、顕如と教如、如春尼と准如、下間頼廉が奥書院に集い、談合をしていた。難儀な聚楽第の落書の件を解決し、一同で「さぁこれから」と、思った矢先の出来事だった。

「けっ、顕如様、如何された？」

と、如春尼の問いにも答えられずに、「うぅ、ん……」唸った切り、床間を背に仰け反って倒れた。

直ぐに、揺すり起こそうとする如春尼を、教如は鋭く止めた。

「動かしてはなりませぬ！　頼廉、直ぐに御匙殿《おさじどの》を！」

慌ただしく人が走り惑う中、如春尼は顕如の傍らから動けないでいた。

いつも騒動の真只中におる教如を、『庇護をせねばならぬ』長子と見ていた。だが教如は、母親を叱り飛ばして家中の者に妥当な指示を出す、大人に成長をしていた。

如春尼は、顕如が逝去したときの己の位置を漠然と思案した。

大勢の者が奥書院に出入りをしているが、傍らにおるのは末子の准如だけである。准如だけが、未亡人となった後も如春尼を頼るはずだ。

畳の一点をじっと見つめる如春尼を、孫一郎が覚めた目で見ていた。

本願寺の門主は、日本中《ひのもと》に散在する寺院をまとめ、更には朝廷とも深い繋がりを保っている。顕如は、格別な覚悟で何十万の門徒衆をまとめ、務め上げてきた。

六

顕如の葬儀は、十二月十日（一五九三年一月十二日）の小雪が舞う中で執り行われた。

京都七条坊門堀川の本願寺境内の対面所で、まず顕如のご遺体を移しての『御移徙《おわたまし》の勤行』が行われた。「南無阿弥陀仏」と称える『六字完称念仏《ろくじかんしょうねんぶつ》』と違って、「なまだぶ」の『短念仏《たんねんぶつ》』の声が境内に静かに響く。寒の最中の早朝のためか、まだ門徒衆の参拝は少なかった。

教如は、顕如が石山の戦いで、一方ならぬ苦労を重ねてきた事実を知っている。故に、大勢で見送って遣りたかった。

――本願寺の門主がお浄土に還られた故、拙僧は勝手に七重八重の人垣ができると思っておった。されど、この寒さ故、今日の葬儀は寂しいものに相成るやもしれぬ……。父上様、拙僧の力不足故、相済まぬ。

教如は、本願寺の御堂衆が準備した喪主の席に座っていた。

墨袈裟《すみげさ》を着た宝徹（雑賀孫一郎）が、教如に目立たぬように話し懸けた。

「本日の葬儀は、本願寺の後継に教如殿が就いたと広く日本中《ひのもと》に披露する役目もある。腑抜けの様相を晒してはならぬぞ。この直後の納棺のお勤めである『龕前《がんぜん》の勤行』と出棺のための『出棺《しゅっかん》の勤行』がある。本願寺の後継者として、位負けせぬように胸を張れ！」

すべての差配を、本願寺の御堂衆《みどうしゅう》が行っている。

本願寺の御堂衆は、京都七条坊門堀川の新たな本願寺に御影像の御動座と共に付き添ってきた。教如は、繰り人形の如く謂われるままに動いていた。その虚ろな心根を宝徹となった孫一郎に看破された。無言で頷く教如の眼前で、出棺に際しての『肩入式《かたいれしき》』が行われていた。

教如は、御堂衆の敏捷な行動を見ていた。

――本願寺の門主が逝去しても、本願寺は大河のように滞りなく流れていく。拙僧は、流されているだけで、万事が進んでいく……。拙僧が喪主で良いのか？　拙僧は、父が顕如様だからこそ、この場所に戻ってきた。

と、教如は幾度も自問を繰り返していた。

ゴォーン、ゴォーン、ゴォーンと、四吼の梵鐘が撞かれた。

坐棺を輿に乗せ、静々《しずしず》と葬列は進んでいく。

七条河原に葬場が設けられている。

雲が切れて、晴れ間が覗いた。近隣の寺の鐘も、希代の念仏者を送るために鐘を撞き始めた。

教如たちは、賀茂川の堤防に上った。

「おおぉ、これは……」

河原が波打つように、人、人で溢れていた。

頭を垂れた坊主衆や門徒衆の弔う姿が眼前に広がっていた。

皆、涙を流して念仏を称えている。

南無阿弥陀仏、南無阿弥陀仏。

南無阿弥陀仏、南無阿弥陀仏。

教如は、河原に筵を敷き、一心に念仏を称えている念仏者を見た。

「継職の教如様のお出ましぞ。ご立派なお姿じゃ」

「顕如様は、『往生《おうじょう》の素懐《そかい》』を遂げられたそうじゃ」

「有難や、有難や。儂等も直に、顕如様にお供仕りますぞ。そこの婆様は、先ほどまで大声で喋っておったが、お供に付いたようじゃ」

その隣の小汚い格好の浮浪者が、口を開いた。

「儂は、一昨日に京に着いた。一目、顕如様にと、本願寺に焼香に行っただよ。だがよ、門番が『儂の身形《みなり》が汚い故』と、通してくれなんだ」

いつ紛れたのか宝徹が、同意をしながら聞いていた。

「そりゃぁ、えらい目に遭遇されたの」

「だがよ、騒ぎを聞いて教如様がいらした。『わざわざお焼香に参った方を、身形で判じてはなりませぬ。念仏に、身形は不要ぞ』と仰った。焼香を終えた儂に、餅まで下された」

「教如様はな、門徒衆のお味方ぞ。大したお方よ」

宝徹の声を聞いた者は、「有難や、有難や」「南無阿弥陀仏、南無阿弥陀仏」と格別の声を上げて念仏を称えていた。

七

教如は、導かれて首座にある喪主席に着座した。

眼前の光景に仰天した。

何千人という僧侶衆が、並んでいる。下間頼廉から、

「孫一郎殿が、『教如殿はご多忙故、間際に解説してやってくれ』との由。教如様、驚愕していただけましたかな」

と、教如の返事も待たずに、流暢に語り出した。

「所司代に徳善院玄以法印殿、奉行として味岡市左衛門尉殿と松田勝右衛門尉殿が監護いたします。御堂衆の一番の老師が導師を務めます。ここからでは見にくいですが、そこの緑色閃緞五條袈裟《りよくしよくせんだんごじようげさ》で鈍色《にびいろ》衣を着衣している者ですぞ」

「おぉ、近頃はあまりお目に懸かっておらなんだが……」

「あの一老師は、教如様を案じて御堂衆を説得された。『顕如様の葬儀にて、教如様を支え本願寺の団結を披露するべき』と……」

本願寺を一に思い、盛り上げようとする心情に、教如は有難さで涙が零れた。

「堺の真宗寺殿が鈴撃ちを担当される。院家衆、一門衆が合わせて六十余人、衣は鈍色に一統されて

いる。衆僧はおよそ二千人。衣で分けますと、鈍色衣が百二十余人、白袈裟千人余人、畳袈裟八百余人と成る次第」

「よくぞ、これだけの衆僧が……」

「まだございますぞ。彩帽衆《いろえぼし》、上下衆（上下とは袍袴略製を謂う）等、合わせて五千余人。官族若千人、別に女輿四十二乗。ここからは、よく分からぬと存じます。されど、孫一郎殿が、顕如様も教如様も格別のご苦労をされた。精一杯の葬送としたいと仰ってくだされた」

「有難い……。門徒衆が多過ぎて目立たなんだ」

「雑賀衆が目立たぬように、進行を合力されております。これは、顕如様と同朋であった孫一様のご指示との由」

「我ら兄弟は、霊輿の後に従って参った。不審を覚えたが、拙僧以外の兄弟の身形が目立たなんだが……」

「如春尼様が、教如様と他の兄弟を同じ装束にすべきと仰せでござったが……。御堂衆の一老師が、『前例がござらぬ』と、退けられました」

「左様な事実がござったか。面倒を懸けた」

その後の葬儀は、京雀が幾度も引き合いに出す盛大なものとなった。

八

顕如の葬儀を終えた教如を、孫一郎が様子を見に来た。

「教如、大儀であったな。盛大な葬儀で皆が驚愕したぞ。これも、お主の人徳故」

「いやいや、すべてが顕如様のご功績よ。およそ、三十八年の長きに亘り、真宗教団を纏めてこられた。我が父ながら、大したお方ぞ」

「如何にもじゃ……」

常の孫一郎に似合わぬ物謂いである。教如が、不審に思い孫一郎に問い質した。

「如何した？　常の孫一郎と思えぬが……」

「いや何、俺の思い過ごしなら良いのだが……。実はな、お主、関白から葬儀の直後に『朱印状』を頂戴したな」

「あぁ、『門跡（顕如）が命終され、言葉がない。そなた（教如）が総領の儀を相続し、法度を守り、勤行を怠慢なく務めなさい。そなたが本坊へ移り、そなたの屋形へ母（如春尼）と弟らを移し、親孝行を務めよ』と、いったものだった。孫一郎にも見せたであろう」

「如何にも。その後、正親町《おおぎまち》上皇のお骨折りから、顕如様の示寂によって、『天正』から『文禄』へ改元が行われた。関白が就任した折も豊臣姓を賜った折も、改元は成されぬ」

「『朝廷が、本願寺と豊臣家のどちらに重きを置いているかは明白』と、孫一郎が憂慮しておったの。

故に、関白の朝鮮出兵の肥前の名護屋城に、拙僧は陣中見舞に行った次第」

「左様、左様。ここまでは俺の計略通りだった。顕如様の示寂の前年に利休殿がご自害された故、関白家は利休殿と昵懇の教如に警戒をしておった」

本題はここからといった安配で、孫一郎が重い口を開いた。

「近頃、如春尼様の下に、下間仲之《しもつまちゅうし》が出入りしておる」

「何と、仲之が！　不行届の点が多数ある故、辞職させた者が……何故」

「反逆の意が透けて見えるぞ！」

九

関白により、文禄二年閏九月十六日（一五九三年十一月八日）に、教如は大坂城に呼び出された。

その場には、下間頼廉、下間仲之、粟津元辰《もとたつ》、松尾左近の本願寺の関係者たちも呼ばれ、直ぐに査問が行われた。

査問役には、施薬院全宗《やくいんぜんそう》、長束侍従《なつかじじゅう》（正家《まさいえ》）等四名が当たった。教如は、かような査問を何故、行わねばならぬか、全くの心当たりがなかった。

故に、査問が行われるに至った根拠を、全宗が穏やかに解説をした。

天井裏で聞いていた孫一郎は、何度も天井板を蹴破りそうになった。

「教如様のご母堂の如春尼様が、関白様に目通りをされた由。如春尼様は、この九月に有馬へ湯治に行っていた関白様に、『留守職譲状《るすしきゆずりじょう》』が見つかったと言上された。前の留守職から預かったと仰る譲状には、『天正十五年（一五八七年）十二月六日』付で、宛先は、『阿茶《あちゃ》かたへ（阿茶は、准如の幼名）』となっていた」

それを聞いて下間頼廉が、口を開いた。

「天正十五年と申せば、顕如様は四十五歳。教如様は、『権僧正《ごんのそうじょう》』にお成りでございます。権僧正と申せば大僧正、僧正に次ぐ、高位の僧侶でございます。教如様を後継として遇して、一方で、末子の准如様に譲状を遺される。顕如様は、坊官衆にひと言も漏らさず、左様な理の通らぬ行いは、されぬお方でございます」

全宗は続けた。

「お静かに！　それをお聞きになられた関白様が、以下、十一か条の覚書を記された」

『一、織田（弾正大弼）家の御一類《ごいちるい》には大敵にて候う事

一、当門跡（教如）不行儀の事、先門跡時（顕如）より連々と申し上げ候う事

一、代々譲状此れあるの事、先代より譲状も此れ有る事の由の事

一、先門跡（顕如）折檻の者、召し出さる事

一、当門主（教如）妻女の事

一、右の如く嗜み候はば、十年家をもち、十年めに理門（准如）へ相渡さるべき事

（後略）

一、心の嗜みも成るまじきを存じられ候はば、三千石無役《むやく》に下さるべき候う間、
（後略）』

と、続いた。

――本願寺の門跡に向かって、かような物謂いは何じゃ！　いっそ、俺が関白を始め、この場の衆を切り捨ててやる！『織田家の御一類には大敵』と今に謂えるは、『関白が世を平にしてやった。故に、口答えはするな』という意図か。お主は恩恵を被って、天下を獲ったであろう！

孫一郎は我慢がならなかった。かくなる上はと、身構えた。

十

孫一郎の意を受けた如くに、坊官たちの抗議の声が上がった。

「かような横暴が、罷り通るとは思えませぬ」

「本願寺は、関白様からの御朱印状を頂戴しておりますぞ」

「何故、長子で三十六歳という立派な門跡様を差し置いて、かような無体を……」

教如は泰然と周囲を見ていた。

教如は目を瞑った。思い出されるのは、葬儀の様相ばかり。

――それにしても顕如様の『葬場《そうじょう》の勤行』は壮観であったな。禁裏からのお使者も参って、葬場は

主だった方々で、溢れんばかりであった。一昼夜を懸けてお骨になった翌日の『還骨《かんこつ》の勤行』は、あたかも天上に紫雲がたなびき、顕如様が真にお浄土へ還られたようであった。

「拙僧は、関白様の御覚書をすべて了承いたします」

教如が両手を突いて、深々と頭を下げた。

「教如様、なりませぬ。ご門跡様は禁裏に繋がるご身分。かような無体は、拙僧は不承知。今一度、譲状の真贋のお確かめをしていただきたく……」

下間頼廉の声が広間に響いた。その声に被さるように、

「ええぃ、黙れ！　関白の儂が本願寺に良かれと思案した。それを呑めぬとは何様よ！　十年の猶予など止めじゃ。教如殿は、直ぐに留守職を辞職せよ！」

関白の余りの怒りに、一同は慌てて平伏《ひれふ》した。教如も頭を下げながら、

――顕如様の御葬儀は、本願寺が一つとなった末期《まつき》の行事となるかの。拙僧が中央の喪主席に腰懸けておると、葬場の到る場所からの念仏もよく聞こえた。門徒衆の心も一となった。されど、こたびの査問は如何なものぞ。

冷静な教如の様相を見て、孫一郎も己を取り戻した。

――本願寺の如春尼様が、ご注進に及ぶとは……。それほどに末子は可愛いか。うかうかと関白の尻馬に乗りよって！　胸糞の悪い話ぞ！

第八章　西軍襲撃　関東下向

一

本願寺の前門主の教如は、慶長五年七月二日（一六〇〇年八月八日）の巳の刻に、佐和山城の治部少輔（三成）を訪ねた。関東下向の挨拶のためだが、教如は厳しい対応をされると覚悟をしていた。

顕如の亡きあと、教如が門主を継いでその座にあったのは、僅かに十一か月であった。隠退の経緯を、治部少輔はよく知っていた。

更に、教如は強力な庇護者をなくしていた。

一には、父の顕如だった。

教如は、父の顕如と十三歳から共に戦場に立って、天下人と称される『弾正大弼（織田信長）』『関白（豊臣秀吉）』に一歩も引かなかった。父と共に関白の出世前から知っておる数少ない輩とも謂える。その関白を崇拝している治部少輔が、教如に好感を抱くはずはなかった。顕如という畏敬の対象は、もはやこの世にはいない。遠慮をする必要はなかった。

次の庇護者は、千利休だった。茶の湯を通じて教如に格別の便宜を図ってくれた。関白との仲を取り持ったのも利休だった。教如の朴訥な性質を尊重し、各地の大名や武将に紹介もした。その利休を自害に追い込んだのは、関白と治部少輔である。

故に治部少輔は、一番油断のできぬ大名と謂える。

だが案に反して治部少輔は、有名な茶人でもある教如を無下にせず、城内の茶室に案内させた。供は、玄関横の溜まりの間で留め置かれた。

「しばし、お待ちくだされ」

と、案内役に、茶室で待つように指示された。教如は一人座して、見るともなしに床間の花を見ていた。そこに活《い》けられているのは、一輪の竜胆《りんどう》の花だった。

――竜胆か……。山野に群れずに咲いて、凛と厳しさが漂う花の様《さま》は雑賀孫一郎と重なる。今までどれだけ助けてもらったことか……。

竜胆の濃い青紫色が、床間をひっそりと照らしている。竜胆は別名『えやみぐさ（疫病草）』ともいわれ、胃腸薬になる。効能が高い『熊胆《くまのい》』より格別に苦《にが》いため、熊より強い竜胆と名付けられている。

――治部少輔殿は、拙僧と千利休様との親交を苦々しく思っておった。こたび、関東下向を親鸞聖人の関東御旧跡巡拝のためと申しても、内府（徳川家康）殿との談合を疑っておろう。拙僧を茶室に詰めて、意に添わせるつもりか。返答によっては、ここで拙僧の定命《じょうみょう》も尽きようかの。いやいや、大暴れしてでも生きて下向をしてみせる……。

普通の骨格で色白の、いかにも能吏といった鋭い目つきの治部少輔が、微かな衣擦れの音と共に教如の向かいに着座した。

二

どこからか、茶室に冷気が入ってきた。

治部少輔は険しい表情を崩さず、教如を睨みつけた。

面倒ごとを早く済まそうと、すぐに要件を切り出した。

「教如殿、関東下向は思い止まるように願いたい。その見返りに厚遇《こうぐう》しようほどに……。今まで何度も申し入れても全く返答が貰えなんだ。今日こそは、よい返答をいただきますぞ」

茶室が殺気に覆われた。

「巡拝のための関東下向故、ご憂慮くださるな……。お断り申し上げます」

治部少輔の顔が、微かに歪んだ。

「存じ居りの通り、この茶室は貴方様をお味方する者は一人もござらぬ。それでも、拙者の申し出を断ると仰るか！」

茶室の殺気が一気に膨らんだ。

殺気を撥ね返すように、天井から礫《つぶて》が四方八方に飛んだ。

「教如殿、窓から逃げろ！」

教如は、咄嗟に声の人物を追った。

声の主は、雑賀衆軍師の孫一郎だ。

二人の後方で、

「教如を、関東に行かせるでない！」

と、追手の叫声が聞こえる。

総門から出た二人は、左手奥の林に逃げ込んだ。

林の奥から、鳥の鳴声が聞こえてきた。

孫一郎は、鳴声に導かれるように奥に進んでいった。奥正面の大木に、繋いであった二頭の馬にそれぞれが跨った。

孫一郎は、体中に鋼を纏ったような五尺六寸の体躯に、涼やかな目をしている。

六尺を超える偉丈夫の教如は、墨染を纏い威厳のある佇まいである。武士のそれであり、とても僧侶には見えなかった。見事な手綱捌きで、先を急ぐ孫一郎は一度も後ろを振り返る気遣いを見せなかった。教如の馬術の腕を熟知している様相であった。

二人はそのまま馬を操って林を抜け、北国街道から東山道に入った。

追手の姿は見えない。

二人は、疾風《はやて》のようにそのまま駆けた。

「追手を撒いたようだな。教如、だからいわんこっちゃねぇ！　石頭の治部少輔に関東下向の断りを入れる馬鹿が、どこにおる？」

「されど、黙って京を抜けるのも、拙僧の気がすみませぬ故」

「亡き太閤や、治部少輔の難癖から、隠居に追い込まれたのを忘れたのか！　あれから十年が経ったが、未だに儂は得心がいかぬ！」

「まぁ、拙僧もかなりの大博打は打ってきた。ふふふっ、本願寺の法義相続が成れば、それで充分だ。こたびも、孫一郎のお蔭で命拾いをいたした。大陸から戻っておらぬと聞いておった故、大いに助かった」

「されど、俺の合力がなくても、お主の返答は『否』であったのか」

「無論です。拙僧はこれこの通りの石頭故」

「そうだろうて。俺もお主の石頭が憂慮されての、慌てた次第よ」

馬上での懸け合いは久し振りだった。

「禁裏隠密棟梁の熊丸が、遣いを寄越してくれた。故に、儂だけ早船を仕立てて飛んできた。息子の首里《しゅり》が代わりに軍師をやってるぜ。おっと、この脇道からは馬を引いていくぞ。近江の板並《いたなみ》で落合う手筈だ」

よく整備された山道を通って、板並の地蔵堂の前に着いた。濃い緑の杉の並木道が続いている。地蔵堂前は、少し広い広地になっていた。その奥に、泉の湧いている水飲み場がある。泉が涸れた時がないと見えて、水飲み場の周辺は、柔らかな大葉子《おおばこ》が自生していた。

本願寺の寺侍衆と近江や美濃の屈強な門徒衆が十人ほど待っていた。

順次、水を飲みながら乗ってきた馬に大葉子を食べさせていた。

「かように柔らかな大葉子は、めったにござらぬ。真に、馬たちの嬉しそうな様は、どうじゃ」

向後に待ち構えている苦難に対して、愚痴を零す者は一人としていなかった。孫一郎の眼に叶った者だけを選んである。

孫一郎たちは合同してすぐに、東山道を下向していった。

三

下野の小山にある徳川内府軍の本陣に、教如は通された。

宝徹（孫一郎）は、武将姿から墨染の僧侶姿で、幔幕の外で控えていた。

ざわざわとした陣中は、活気に満ちている。

徳川軍が、孤立をしているといった風《ふう》は一切なかった。

むしろ、太閤が身罷ったあと、

「広い天下を統《す》べていけるのは、内府殿をおいてはおらぬ」

という評判が高い。そのため、徳川軍も京より遠く離れていても、軒昂としている。麾下の武将たちも、天下を狙うための作戦の一環であるとよく承知していた。その反面、

「徳川は増長しておる。世に太閤がおらぬようになったとたんに、豊臣殿を蔑《ないがし》ろにしおって」

等と、種々の声が巷に溢れていた。

同じ声が本願寺内にも渦巻いていた。

教如の末弟の本願寺十三代門主の准如《じゅんにょ》も、徳川の陣中見舞を目論んでいた。だが関東に下向する前に、石田治部少輔から止められた。故に、准如は直《ただ》ちに関東下向を取りやめたと聞く。准如の取り決めに逆らった形で、教如が関東に下向した。

この一点においても、本願寺が盤石ではないことを表していた。教如も、こたびの内府との談合がうまくいかぬ時は、京に戻る存念はなかった。

大津御坊を自らの本山として、その地に骨を埋める覚悟であった。側で仕える者は当然その決意を知っていた。故に随行者は、家族と水杯で別れの宴を催してから教如に付いてきていた。活気ある陣内を見て、随行者たちは、

「我らの選択に過ちはない」

と、意を強くした。更に、

「我が教如様は、徳川軍からかように、鄭重に扱われる大人物よ」

「石田軍は、どうよ。教如様に鉄炮を向けたぞ」

「真に、罰当たりな輩ぞ」

「今に、教如様の時代が来る」

「あとになって、嘯《うそぶ》くなってんだ」

と、陣内に行く教如を見送ってから、待合所で日頃の鬱憤を晴らした。

一方、内府も教如と同様に、伸《の》るか反《そ》るかの岐路に立っていた。

そのため内府は、教如との繋がりを徒労にはしたくはなかった。

四

「教如殿、よくぞ小山までお越しくだされた。有難いことでござる」

はるばると陣中見舞に来た教如に、内府は肥えた身体を二つに折り曲げた。周りの武将たちは、下へも置かぬ内府の歓待ぶりに、皆が驚愕した。

「上様のあの歓待ぶりは、どうだ」

「さすが本願寺の教如様は、亡き織田様と豊臣様に逆らって、唯一、生き残ったお方ぞ」

「本願寺の隠居とはいえ、教如様の合力があれば千人力よ」

つぶやきが、漣《さざなみ》波のように陣中に広がっていった。

「内府殿、上方で不穏な動きがありましてな。拙僧もじっとしておれずに、報せに飛んできた次第」

教如は、この何年かに受けた、上方からの執拗な嫌がらせや襲撃を思い出していた。

一つは、教如を信奉する越中の坊主衆に対して、領主の前田家から厳しい排斥策が敢行された由。拘束されたり、道場（寺）が破却処分になったりした。更に、死刑に処せられた者もいた。二つには以前、川那部安芸守を江戸へ派遣した折や、こたび、教如一行を佐和山城から襲撃された由。

だが教如はその事実を内府の前で口にはしなかった。この場で、卑屈にも恩着せがましくも、なりたくはない。ただ泰然とした様相を見せ、判断するのは相手である。教如も、世情の風聞の通り、内府は懐が広い御仁かと、心の中で相手を計っていた。

「教如殿からの直《じか》の報せとは、何という僥倖《ぎょうこう》であろう。教如殿、もそっと近こう」

「気儘な、隠居の身であればこその下向でござる。内府殿が上杉討伐に出られた、すぐあとのことでござる。上杉軍と治部少輔殿を中心にした上方軍が夾撃する計略が本式に動き出しましたぞ」

「有難いご進言でござる。されど旗幟《きし》を鮮明にしては、教如殿に危害が及ぶのではござらぬか？」

「拙僧の身は、如何になろうとも構いませぬ！　気懸かりは、治部少輔殿が本願寺の門徒衆を軍《いくさ》に巻き込もうとしておるその一点。先の石山の地を巡り、何千、何万という門徒衆が敵味方に分かれて血を流しておりまする。それだけは、何としても止めねばと、参じた次第」

「確かに、痛ましい軍の数々でござった。眼前で繰り広げられる撫斬《なでぎり》や焼討《やきうち》は、この世の地獄でござった」

「まさしく！　拙僧は、門徒衆に念仏三昧の暮らしを取り戻したいだけでござる。内府殿に、世を平らかに治めて欲しいと願うばかり。拙僧は、その世を実現できる御仁は内府殿が適任と思案しております」

「門徒衆を思うお心根を、決して無下にはいたしませぬぞ。拙者も乳母から、真宗門徒衆の行末を頼まれておる。決して、悪いようにはいたさぬ」

教如の対応に感激をした内府は、陣中に拘わらず、有名な『御打物（刀剣）』と『島津黒（内府の乗馬）』等、多くの引出物を持ってこさせた。

教如がもたらした風聞は、内府にとってそれほど重いものだった。

確かに同じ報告は、忍びによって逐一受けていた。教如からと忍びからの報は一致していた。教如は、己の自説も誇張も交えずに、素のままを内府に伝達した。

更に、教如は話さなかったが、石田軍からの襲撃の様相も内府には漏逸《ろういつ》していた。そのため内府は、教如の人物を高く評価した。

一連の談合を、宝徹は本陣直ぐ脇の杉の木の梢で聞いていた。

すでに日は暮れていたが、小山の地域柄か蚋《ぶゆ》が多数発生していた。本陣の周辺では、当番兵が大量に蚊遣りを焚いていた。

――何という雑な焚き方をしておる。雑賀衆なら「敵に気取られる」と、半死半生の目に遭うぞ。まあ、このお蔭で、身が隠し易いがな。どうやらここには忍びは、ほとんどおらぬな。あちこちへ偵察に出しておるようじゃ。

内府がしきりと、教如を労っていた。

「教如殿は、卓抜した知恵と太い肝を併せ持つ棟梁であられる。亡き太閤も、気を揉んだ形跡がござるな」

――本願寺を教如に任せては、巨大教団に成ると、内訌に乗じて隠居に追い込みやがった。されど、石山の地を巡って、日本中《ひのもと》を二分した戦いの中心にいたのは、顕如、教如親子だ。教如は、日本中を巻き込む大渦《おおうず》に、確かに足懸け十一年も、俺と身を任せていた。逃げておると見せかけて時節がくれば、弾正大弼を倒す策略も廻らしたぞ。

「拙僧の力なぞ、如何ほどもござらぬ。すべては、拙僧を命懸けで支えてくれる門徒衆、同朋のお蔭でござる」

——教如のように織田軍、豊臣軍と諍いを起こし、力を維持したまま生き残った大名はいない。更に、本願寺の北の隠居所を詣でる大勢の参拝者が引きも切らない。軍《いくさ》には大将としての技量のみならず、天も味方にする強い運が必要だ。教如にはそれがある。

教如が退去すると、内府は傍らの本多佐渡守（正信）に話しかけた。

「念仏者としての教如殿は、図り知れぬ運を持っておる。その一に、勇名轟くあの雑賀の軍師がついておる。その二に、武将顔負けの体躯と肝の太さよ。されど、教如殿が京までに帰りつけねば、それまでのことだが……。さあて、儂の賽子《さいころ》もどう転ぶかの」

——糞が！　教如はてめえ等の道具じゃねぇぞ！　俺が命に代えても守り抜いてやる！

ホッホウー、ホッホウーと鳴声が聞こえてきた。

——この小山の地にも、鵂がおるようだの。俺たちを励ましてくれるようじゃ。教如のよさを分かってくれる門徒衆や同朋も、日本《ひのもと》中におるぞ！

五

下野小山の徳川本陣を出てから、孫一郎たちは東山道を下って信濃に入った。

石田方の目を晦ますために、下伊那の矢作川の源流を更に下っていった。

矢作川は美濃三河高山を縦断し、二つの国を跨って悠々と流れる。教如一行は、上流で船を調達した。川下りで用足しに三河まで出懸ける者が多いようで、怪しまれはしなかった。さすがに、急な流れもあるようで、女性で利用する者はいなかった。

――やはり、京都と大坂の川下りは雅《みやび》であったな。ここらの川下りは、気を張ってないと振り落とされると聞いたぞ。大海原を慣れておると、油断して醜態を晒してはなるまいぞ。

急流を遣り過ごせば、矢作川は水量豊かな河川である。ゆったりとした流れに身を任せていると、この世に軍など、存在しないのではと思える。渓谷を抜けるとき、切り立った崖の中腹で懸命に根を張る木々が目に入った。

――人は、身の危険が迫ると逃げる。だが、木々たちはどうだ？　一所懸命に生きるしかないぞ。それも、何十、何百年じゃ。こうやって、自然《じねん》のままの木々を見ると、人とは増上慢《ぞうじょうまん》であるとよく分かる。常に正しいのは己じゃからな。故に、仏法を聞法する必要があるぞ。

宝徹は、教如に同意を得ようと振り返った。

だが教如は多くを語ることなく、あらぬ方向を向いていた。

――教如は、向後の本願寺の行末を始終、思案しておるな。内府殿との談合が上首尾に終わったと浮かれておるは、随行者ばかりよ。談合の相手の内府という希代《きたい》な策士が、向後如何な動きを執るか。同等かそれ以上の策略で挑まねば、本願寺が呑み込まれる。俺も思案の限りを尽くさねばな。

宝徹は、教如と内府との談合が向後、どのような情勢を見せるかと、考えを巡らし始めた。

――内府の機嫌のよさが、かえって不気味であるな。内府方は、教如を自陣に引き込むために躍起になっておった。教如が帰洛の途中で石田方に殺《や》られれば、「許さぬ」と、門徒衆は内府の味方をするだろう。

船縁に凭れている宝徹に、小魚がはねて水飛沫《みずしぶき》が懸かった。

――つまりは、内府が常に味方とは限らぬ。兵力と財力に勝る本願寺門徒衆が内府方につくとなれば、武将も旗幟を変える者が多いはずだ。だが、内府方の味方が増えぬときは、教如を殺《や》ると考えられる。「石田軍に殺《や》られた。反駁せよ」と門徒衆を煽ってくることもあるぞ。やはり、油断はできぬ。

六

各々が思案にくれている間に、岡崎に辿り着いた。

矢作川沿いにある岡崎は、小山の地から七十里ほど離れた内府所縁《ゆかり》の地でもある。

内府は教如のために、自身の親類である岡崎慈光寺宛の文を遣わした。

聖徳太子の創建と伝えられる広大な境内には、微かに潮風が吹いていた。山門横にある見上げるばかりの銀杏の青い葉が、風と戯れてそよいでいた。

城郭のようなこの寺にある二層の櫓が、街道に睨みを効かせている。慈光寺の先の住職は、大坂本願寺合戦に合力し、戦死を遂げている。教如や宝徹とも昵懇の間柄であった。

八月八日の昼餉を、のんびりと慈光寺の庫裏でよばれていた。

「熊丸、上方の風《ふう》はどんな具合だ?」

宝徹は、教如に聞かせるつもりで聞いた。しばらくすれば、川を挟んでまったく反対の対応をする必要がある。泰然と座っている教如に、覚悟を促す必要がある。

「上方でかように穏やかな時を過ごすは、叶いませぬ。石田軍が、京を離れている教如殿を獲らんと、伝令を飛ばしましたぞ。木曾川を越えれば、敵陣じゃ」

「前住職の教寿《きょうじゅ》殿がご存命であれば、美濃の通過も案じる必要もなかろうが……。慈光寺殿にはこれ以上、面倒を懸けとうはない」

教如が、大柄の身体を縮込ませて呟いた。

「教如、気弱になるでない！　儂を誰だと思うておる！　雑賀軍の軍師、孫一郎こと、宝徹ぞ！　そこにおる熊丸は禁裏隠密の棟梁ぞ！　我らは、十三歳で石山の戦いに加わって以来三十年、変わらず支え合った同朋《どうぼう》じゃ！」

熊丸も慌てて、

「左様、憂慮は無用ですぞ」

と、教如の憂いを晴らそうと言葉を探した。

「熊丸、美濃からは石田軍の息が懸かっていると、考えればよいな」

「如何にも。ただ、某が見る処、昔からの名家の主は、対応に迷いがござる。ついこの間までは太閤に諂《へつら》い、次に石田方に合力をいたせば、石田に頭を下げねばならぬ。果たして、左様な対処ができ得るのかと憂慮する御仁は多い」

教如は気を取り直した。

「僧侶のみがお味方か、と憂慮しておった。だが、僧侶以外にも合力が頼める余地があるのじゃな」

「左様に、黒白が明白にならぬ場合もござる。僧侶が必ずしも当てになるかは、その場にならぬとはっきりはせぬ。むしろ門徒衆の方が、頼りに成るやもしれぬ。極楽往生の思いは、門徒衆が強いからの」

輝いていた教如の眼から、再び光が消えようとした。

宝徹は、教如の憂慮を一蹴した。

「教如、案ずるな！　儂に奇策がある！」

七

雑賀軍を一人離れて馳せ参じた宝徹が、「奇策がある」と謂えば、たちまち座が和んだ。

上方の戦状を伝えてくれた熊丸に、まだ一つの懸念があった。

「宝徹殿の教如殿への合力は、内密に願いますぞ。雑賀軍は、西国にも東国にも合力をいたしておる。更に誰ものが、西か東かいずれに合力するべきか風車のように揺れている。故に、教如殿の去就は重大事ですぞ」

「確かに、石田方から嫌われておる教如を、関東に取り込めば天秤は大きく傾くが道理よ」

ここから京までは間近である。駆けていけば一、二日で着いてしまう。熊丸の情勢の精度は確かである。

京までの道筋で妨害が入れば、石山の合戦後のように、帰るのに何年も費やすことになる。

「西方の前面に、石田殿が出てきた事体が吉と出るか、凶と出るか。俺が大名なら、石田方には付きたくはないがの。確かに、理には勝が、利休殿をご自害に追い込んだ手段は、天に受け入れられぬぞ」

「若、某も石田殿を好かぬ。何故かと思案をしておったが、理に走り過ぎておる故かの。されど、佐和山城にて教如殿に鉄炮を向けたと聞いてからは、余計に受け入れ難し」

熊丸は、やっと得心がいった。

「拙僧も、准如殿のように大人しゅうに本願寺の奥におれば、問題はなかろうがの。じっとしておるのは、拙僧には困難である」

「弾正大弼と遣り合うお主が、大人しく隠居屋敷に籠っておるはずがなかろう。それができる輩に、俺等が合力する必要はまったくござらぬ。なぁ、熊丸？」

「ごもっともでござる」

熊丸が邪揄《やゆ》し、笑っていた。

宝徹も笑いながら、治部少輔のどこか冷徹な横顔を思い出していた。

——奴とは、正面切って対峙したことがなかったな。

第九章　西軍襲撃　美濃土手組《どろてぐみ》

一

孫一郎（宝徹）は、尾張の津島にある門徒の邸宅の広間に皆を集めた。

この屋敷の主の茂左衛門が、

「皆衆、津島の天王祭を是非、見物してくだされ。車楽《だんじり》舟が五車出ますぞ。一車に五百ほどの提灯が飾られましてな、提灯に灯を入れると得も謂われぬ美しさですじゃ。かつては、弾正大弼様もよくご覧になされましたじゃ。この五車が天王川の丸池に漕ぎ出だす様を儂は、水上の竜宮と思うておりますじゃ……」

茂左衛門が流暢と述べる祭り談議に、孫一郎が邪揄を入れた。

「よーし、分かった。津島の天王祭を俺等に見せたくて、呼んでもらえたんじゃな。鱈腹《たらふく》馳走もよばれて、この屋敷が竜宮の有様であったぞ。礼を謂うぞ」

教如もつられて、

「真に、格別な馳走に与り有難い。礼を申す」

「そこで俺等も『褌一丁になって、祭りに繰り出して』と、したいのは山々だが、生きて京に帰り着くためにのびのびとはしておれん」

と、孫一郎は着ていた黒染めを脱ぎ捨てた。持参した侍装束も広間の中央に積んだ。

「雑賀衆も東西両軍に合力しておる。棟梁は豊臣軍の鉄炮大将もやっておる。こたび、鉄炮は使うなと棟梁から厳命を受けた。されど、教如の合力には喜んでおる。よいか、これより百姓の形《なり》で転移する。怪しまれぬように、鍬や鎌だけは手にしてよいぞ。皆衆の刀は、儂が牛蒡《ごぼう》のように背負っていく。雨が続いておる故、蓑を纏っていくぞ」

百姓衆の形を整えると、あちこちで笑いが湧いた。

「教如様の百姓は、何とも可笑しな様でありますぞ」

「足があのように、はみ出して」

「身を守るための装束であれば、拙僧には、むしろ都合が良い」

大騒ぎをして整えたのも、明日からの厳しい日々を思っての配慮からだった。しばしの間ではあるが、憂さを忘れて笑い合うためである。

孫一郎たちは、船を使って美濃足近《あじか》に入った。

足近にある西方寺は、長良川と境川沿いにある。

推古天皇十年（六〇二年）、善光寺如来を安置したのが始まりとされる。聖徳太子が同二十年に太子自刻の阿弥陀如来を安置し、三尊院太子寺と号していた。だが、親鸞聖人が関東より帰洛の折、この寺に留まった。

「親鸞聖人が、自画の寿影《じゅえい》（生前に本山から下付された御影）と共に『都へはもう足近き直道の国へ土産は南無阿弥陀仏』と自詠されて、この寺は足近西方寺となったそうな」

今日の宿泊を願えないかと、門徒衆が住職に頼みに行った。

孫一郎等は、目立たぬように隣接の白山神社内に佇んでいた。

「西方寺ほど寺格の高い寺も珍しいぜ。ここで断られたら、美濃での宿泊は諦めるしか、あるまい。誰しも己の命が惜しいからの。もしそうなっても、教如、恨むんじゃねぇぞ」

ふと見ると、住職らしき人が、懸命に駆けてくる。

「おいたわしや！　教如様、ささ、何の馳走もできませぬが、本堂にてお寛ぎくだされ！」

一同は、ほっと安堵の吐息を洩らした。

これで、今晩の憂慮はなくなった。

清州《きよす》から美濃への船着には、石田軍の手が伸びていた。夜陰に乗じての渡船は命懸けであった。宿泊所に前もって文で伝えていたが、待伏せされる恐れもある。

「委細承知。この美濃での物見は不要でござる。拙僧が、頼りになる寺院をお報せいたす故。まずは、腹を満たしていただこう。粗末な雑炊しかござらぬが、何杯でも食べてくだされ」

住職の渋谷祐慶《ゆうけい》が道案内も請け負った。

本堂前の美濃菊の白い花弁が、愛らしく開いていた。本堂までよい香りが漂ってくる。何刻も長良川を彷徨《さまよ》ってきた一行を、可憐な菊花が慰めているようだ。

孫一郎は菊花を尻目に、草鞋を懐に入れた。いつでも退避できる体勢だけは、整えておく必要がある。

二

翌朝の八月十日は、朝靄が川面を覆っていた。

濃霧で船を出すのは危険だと、孫一郎は判断した。

「これだけの濃霧では、出立を彊要《きようよう》するは酷よの。しばし骨休めと思うて、ゆるりと過ごすぞ」

孫一郎が、手枕で横になった。余裕の有る態度を見た随行者は、再び寛いで座った。

物見に立っていた寺侍が、

「孫一郎殿、霧が薄れて参ったぞ。出立ができるかの」

巳の刻の頃になって、ようやく霧が薄らいだ。孫一郎が、出立を告げると同時に、教如との目方《めかた》の差を考慮して、随行者を、小舟に分散した。

これより、西方寺横の境川から、長良川を渡る。

教如は背丈が六尺あり、皆とは頭一つ抜きん出ている。孫一郎は、教如が目立たぬように、皆に蓑や笠を身に付けさせた。

対岸の墨俣の船着には、『大一大万大吉《だいいちだいまんだいきち》』の石田軍と九曜紋《くようもん》の島津又四郎（義弘）軍の旗印が見えた。

すでに手が廻って、教如一行に対する警戒が強化されている。

悪いことは重なる。

勇猛で名高い鬼島津（島津義弘）が、九州からやって来て守備についている。鬼島津が相手では、武具を大して持たない今、襲撃されたらひとたまりもない。孫一郎は、慌てて身振り手振りで、着岸しない旨を各舟に伝えた。

物見舟は南下し、森部村に近い墨俣下宿《しもしゅく》の蓮泉寺横に着岸した。

偵察が『続いてこい』と、腕を大きく廻した。

そのまま一気に上陸した。

「おぉ、無事に着岸できたは、上々じゃ」

「危のうござった。長良川を渡れば、いきなりこの仕打ちとは……」

「皆衆、直ぐ近くには敵がおる。小声で頼むぞ」

頷くや否や、急に人が集まってきた。

昨夜の内に西方寺からの文を貰い、今か今かと分散して待命していた。あちこちの村から腕自慢の警固《けんごう》役の百姓衆が集まった。

教如がいるので、門徒衆が蹲《うずくま》って拝み始めた。

「皆衆、拝むのは止めてくだされ。面倒を懸けるの。よろしゅう頼みますぞ」

一同が、森部の光顕寺を目指して歩き出した。

道端の両側には、早生稲だろうか、黄金色に色づき始めた稲田が一面に広がっている。風にそよぐ稲を見ると、近場で大軍《おおいくさ》が噴出《ふきいだす》とは、とても思えない。遠くには、野良仕事に精を出す百姓も見える。長閑《のどか》で平和そのものの風景だった。

三

鳩が一羽、孫一郎たちの頭上を旋廻して飛び去った。

「偵察から、異変を知らせる鳩が翔んできたぞ！」

孫一郎が叫ぶと同時に、墨俣宿の方から敵が駆けてきた。

「教如様、あぶねえ！」

「墨俣の上宿の方から、歩兵どもがやって来やがる！」

「逃げろ！」

駆けながら孫一郎は、昨夜の西方寺の祐慶の差配を頭の中で描いた。

――墨俣宿の南の森部という村落がある。そこの光顕寺の住職は信用できる。周辺の寺にも、門徒衆を出してもらえるように、差配をしておく。美濃は河川が縦横に通っている。川床を街道の替わりに進むと良いぞ。教如様は常人を遥かに凌ぐ骨格の持主故、目立ち過ぎる。

教如に殺到する歩兵に向かって、門徒衆が鍬を振り廻していた。

遠くに、光顕寺の本堂の大屋根が見える。

孫一郎一人なら造作もない間合いである。教如は六尺の身体が格好の的になる。幸いにも、歩兵たちは鉄炮を持っていなかった。

「百姓にとって米は命に勝るもの。田に足を踏み入れてなりませぬ！」

教如の叫声が響いた。

孫一郎は田に一歩足を踏み入れ、教如の前に立とうとした。だが、教如の声が、孫一郎の出足を遅らせた。同時に、

「教如様が危ない！」

と、数人の門徒衆が前に身を投げた。

「ギャアー」と何人かが叫声を挙げ、血だらけのまま稲の上に倒れ込んだ。

「痛てぇ！　手が、手が……」

「教如様を守れ！」

「助けてくれ！」

「命惜しみをするなや！　念仏を称えろ！」

「蓑仏《みのぼとけ》様をお助けするだ！」

と、教如の周りは阿鼻《あび》地獄に陥った。

「教如殿、さっさと逃げろ！　このままじゃ、門徒衆が皆死にするぞ！」

孫一郎は教如を抱えて、光顕寺に向けて逃げ出した。

石田軍の歩兵隊は軍《いくさ》慣れをしている。

「教如の首級《くび》さえ、上げればよい」

と、すぐに教如を追い始めた。

「百姓どもに構うな！　教如の首級を獲れ！」

乱闘になり、多数の死者が出た。

数人の兵が、光顕寺内にも突入しようとしている。

その度に、大勢の門徒衆で押し返した。

渋谷祐慶と寺侍の粟津源六が、門徒衆を組織して奮闘している。

野良仕事の途中、泥のついた土手《どろて》に鍬や鋤を手にした門徒の数は、刻々と増えていく。

「おーい、本願寺の生仏様がてえへんだ！」

光顕寺の一大事と、伝令が近郷の寺々に廻った。だが、光顕寺周辺の寺や民家で、対応は分かれた。

門扉を固く閉じ、拘わり合いを避ける現門主派。

本願寺の一大事と家族と水杯を交わし、光顕寺に助太刀に向かう教如派。

どちらも、熱心な真宗門徒に変わりはなかった。

どちらも、極楽往生を願っている。

四

敵兵が、泥の付いた草鞋履きで庫裏に上がろうとした。

「教如はどこだ！」

「ここにはおられませぬ。女子や子供がおるだけですじゃ」

孫一郎が声色を使って、敵兵を巧みに庫裏《くり》から出した。

「女、子供に用はない！　教如は大男じゃ。庫裏に、隠れる場所がないぞ！」

「本堂じゃ！　本堂におるはずじゃ！」

何人かが刀を振り上げ、本堂に向かって走った。

「ここからは、一歩も近づけぬぞ！　腕に覚えの有る者は懸かって参れ！」

大音声で孫一郎が呼ばわった。だが、敵兵も軍に慣れている故、強者に向かってくる者はいない。ひたすらに、教如を探し廻った。

「教如の首級を獲れ！」

ギャッ、ギャアー。

殺《や》られたのは、敵か、味方か？

教如は孫一郎によって、本堂の須弥壇《しゅみだん》に押し込まれていた。叫び声を聞いて教如は、耳を塞ぎ、震えていた。供の者は、すべて本堂と総門周囲の警固に廻った。

教如の隣に、味方は誰もいなかった。

「儂が出てこいというまでは、出てくるんじゃねぇぞ！」

と、孫一郎に念を押されていた。

教如は、十三歳から戦いの中で生きてきた。時には、何千何万もの門徒衆と行動を共にしてきた。周囲は、教如を大切にしてくれる味方ばかりだった。今度のような、理不尽な襲撃を受けたことはなかった。

――拙僧が、関東下向したことによって、かように大勢の人々が死んでいく。大坂抱様《かかえざま》として本願寺の意地を示した時も、何千人が死に至ったことであろうか……。うううぅ、南無阿弥陀仏、南無阿弥陀仏。拙僧はここでご浄土に向かうが定めのようだ……。

教如は、境内に喊声が響く中、覚悟を定めた。

筆も紙もない。

腰の短刀を取り出し、須弥壇の引き戸に震える手で、辞世の歌を刻み始めた。

刻む端から、涙で字がよく見えない。

『散らさじと　森部の里に埋めばや　かげはむかしのままの江の月（この森部の里に我が身を埋めねばならず、無念である。長良川に映る月の影は、昔と何も変わらぬに……）』

――本願寺のために、更なる事業に着手したいと思うたが、もはやこれまで……。一目顕如様にお礼言上を申し上げたかった。これまで、よい同朋に恵まれ悔いはない……」

五

「教如、覚悟しろ！」

本堂の階《きざはし》をダダダダッと上がる音がした。

「逃がすな！　本堂に行ったぞ！」

「危ない！　逃げよ！」

「押し返せ！」

そのあと、ギャッと人の倒れる音声《おんじょう》が響いた。

しばしの静けさのあと、口を開いたのは百姓衆だった。

「土手《どろて》もんを馬鹿にするでねぇぞ！」

「命懸けになりゃぁ、やれる！」

「おらたち百姓だが、死んでも教如様をお守りするぞ！」

野良仕事の合間に慌てて駆けつけた門徒衆が、寺の周りを囲んでいった。

「おら、自棄で鍬を振り廻したら、敵に当たっちまったぞ」

「おらたちは、米を運ぶ蟻じゃねぇぞ！　踏みつけにするな！」

「教如様の敵は、直ぐに帰れ！」

「帰れ！　帰れ！」

地鳴りのような抗議の声が起こった。

すぐに、得物を打ち鳴らす音が響き始めた。

「えい、えい」「おぉぉ」「えい、えい」「おぉぉぉ」

勝鬨《かちどき》を上げる門徒衆の声が、境内を埋め尽くした。

泥だらけの拳を振り上げ、喜んでいる者。

恐怖を思い出してか、泣いている者。

敵兵が、寺を取り巻く門徒衆や百姓衆に恐れをなした。負傷した同志を抱えて、潮が引くように退避をした。

危険が去って、百姓衆は初めて息を吹き返した。やっと通常の心地を取り戻していった。

そこに、孫一郎に抱きかかえられた教如が姿を現した。

大勢の門徒衆を見た教如は、その場で泣き崩れた。

「拙僧のために、すまぬ……」

百姓衆は、初めて本願寺の教如を見た。驚愕して言葉が出ない。

「おぉ、教如様のお出ましじゃ」

「南無阿弥陀仏、南無阿弥陀仏」

「森部の田舎に、生仏様が参られた」

「有難や、有難や」

発憤《はっぷん》が冷めると、念仏を称える声が渦巻いた。

教如も、門徒衆と共に、決死の形相でお念仏を称えた。

庭の隅の萩の花が、紫色の花弁を震わせていた。百姓衆の声が響くたびに、萩の花が小刻みに揺れていた。その根元には、乱闘によって無数の萩の花が散っていた。散った花に身を隠すように家守《やもり》が、怯えた目で百姓衆を見上げていた。

そのあと下間頼龍が、

「皆衆、教如様をお守りいただきかたじけない。御礼を申す。今晩は敵も退避した。教如様は皆衆を案じておられる。『家の者が待っておる故、戻ってくれ』と仰せである。本日は大儀であった」

と、お礼の言葉を述べた。本願寺の坊官である頼龍さえ、百姓衆には雲の上の人である。

百姓衆の代表格の弥平が、

「儂等、生仏の教如様をお守りしただ。これで極楽往生は間違いなしだ！　あとは頭《かしら》の者だけ残って、坶に戻ってくれ！　顛末は、坶に帰っても黙っとれよ！」

最後の一言で、百姓衆は更に頭が冷えた。『坶に帰り着くまで、気は抜けぬ』と、呪文の如く称えて帰った。

六

夜明けと共に、門徒衆の被害者を境内に運び入れた。弥平が犠牲者をまとめると、十九人の遺体が集まった。

だが、光顕寺の襲撃は、十九人の死者を出しただけではなかった。

光顕寺の住持は、「お浄土に還られたら皆、仏」と、敵軍兵も荼毘に付す差配になった。檀家の者が、埋葬の合力に来た。住職もかような惨事を、他の門徒衆に見せるのは忍び難かった。噂が広まるのも困る。

孫一郎は、教如の随行者が埋葬に合力をしている間に、周辺の偵察に廻った。

美濃から京への道筋は、石田軍の差配が遺漏《いろう》なく敷かれていた。

身動きができない情勢となった。

偵察に廻った者が戻ってくると、一様に表情は暗かった。

「美濃路の街道筋の宿屋では、人相改めが厳しくなった由」

教如一行は元より、宿屋に宿泊する予定はなかった。だが、街道の一部を通行する計画は困難になった。

「教如様の手配書を持って歩く、石田軍兵が多数いる由」

教如の背丈が六尺余りと、広く伝達されている。街道を歩くだけで、目につく骨格である。更に随行者が教如の周囲を守って歩くと、目につき易い。

石田方から見れば、街道に近い寺を警戒するだけで効果がある。実際、教如一行が立ち寄る予定をしていた寺は、街道筋が多かった。

「教如、ここは一旦、苅安賀《かりやすか》（一宮大和町）の正福寺まで退避すべきだ。あそこは、内府殿の勢力内故、敵は手出しができまい。向こうは軍慣れした侍ばかりじゃ。このままでは、こちらの被害が多すぎる」

反対する者は誰もいなかった。

十一日の朝からは、皆が教如を守って道順を大きく戻ることになった。

その間に孫一郎は、美濃方面の偵察に一日中ひたすら走り廻った。

主に、船着と船頭の数を探った。宿場にある船着の着岸は、すでに無理がある。だが、野良仕事のために小舟を漕いで、あちこちする百姓衆は多くいる。仕事の合間に、小魚を獲って売る者もいた。故に、この辺りの百姓衆は舟の操作に長けていた。

何艘か調達するために、頼龍に有力な門徒衆を聞く必要が生じた。

偵察を終えて正福寺に戻った孫一郎は、

「長良川や揖斐川の船着は、すべて石田方の軍兵が固めている。やはり、このままでは美濃の通過は難しい。とりあえず、長良川沿いの岐阜御坊に入所するがよいぞ」

と、告げた。

途端に、教如の顔が曇った。孫一郎は、教如の様子を目の端で捉えていた。予想通りの教如の反応だった。

七

切迫した情勢になっても、教如は岐阜御坊に立ち寄りたくはなかった。

すでに、准如からの触れが届いているはずだ。孫一郎は、教如が何を考えているか、分かっていた。

顕如からの譲状がない教如と、譲状があったとされる准如。

確かに譲状は、格別に重いものだ。だが、人の心情を宣紙の一枚で切替するは難儀である。

本願寺一山が揺れ動いている。ましてや、渦中の教如は、遣り切れぬ思いを抱えておるに違いない。

「岐阜御坊の坊主たちを、儂が説諭してやる！　まずは、岐阜御坊に入るぞ」

岐阜城にいる岐阜中納言（織田秀信《ひでのぶ》）殿と岐阜御坊には、門徒の有力者が折衝に当たる。朝靄の立ち込める街道を、文を持った門徒衆が早立ちしていった。

孫一郎は、長良川の堤防に立って使者を見送った。

どの背中も、「儂が何とかせねば」と、決死の思いが滲み出ていた。確かに、使者の談議が首尾よく進まねば、教如の帰洛は叶わぬ。本願寺から追放の憂き目に遭う恐れもある。

見送る孫一郎も、

――本願寺と教如の行末は、お主等に懸かっておるぞ！

と、姿が見えなくなるまで動かなかった。

長良川の上流で大雨が降ったようだ。

川は、濁流が渦巻いている。

そうかといって、教如一行も街道を行くのは憚られた。油断して街道をいけば、再度の襲撃があるだろう。やはり、長良川を船で溯るしかない。

近隣の船頭は、大荒れの川に出ることに尻込みした。

川はゴゥゴゥと音を立て、飛沫を散らして流れている。川の中ほどから、生木の太い枝がいくつも突き出ていた。船を出して、船縁に枝を引懸ければ、瞬時に転覆する。

龍が何頭も泳いでいるように川の中央が幾筋も大きく盛り上がっていた。

いかにも、猛々しい有様だ。枝に懸けなくとも、荒れた川に船を浮かべるだけでも、正気の沙汰とは思えない。

「孫一郎、かような天候で船を出すは、無謀であろう。街道を行くべきではありませぬか？」

さすがに、教如が孫一郎に注進した。

「何をぬかす！　街道を通ってまた死人を出すのか？　これしきの波が怖くて、雑賀水軍を率いて大陸まで行けるかってんだ！　下間《しもつま》（頼龍）のおっさん、川筋衆に懸け合って、船と漕手を何人か調達してくれ。船手は弾むと伝えてくれよ。儂が船頭になって、必ず乗り切ってやるぜ！」

随行者の誰もが孫一郎の武将としての腕は知っていた。だが、これほどの凶変の天気に、船に乗るのは憚られた。

誰もが命は惜しい。

死ねばお浄土に還ると分かっていても、未だお浄土に還る覚悟はなかった。皆が尻込みした時、一番に教如が乗船した。教如が乗船するなら、随行者も警固《けんごう》として乗らねばならぬ。

乗船者は一斉に念仏を称え出した。

「南無阿弥陀仏、南無阿弥陀仏」

船縁を握りしめ、決死の形相で念仏を称える。その様を教如が、泰然と眺めていた。

「教如殿は怖くはないのか？」

「船頭が孫一郎殿なら、何処にでも行けますぞ」

孫一郎が棹を握り号令を懸けると、船は軽がると波に乗っていく。

まるで、水龍の頭ばかりを撫《な》でて、越えているようである。

あれよ、あれよという間に、教如一行は長良川畔の岐阜御坊の船着に到着した。

同船していた者たちは、孫一郎の手腕で命拾いしたと胸の内で拝んでいた。

八

岐阜御坊で拒絶されるかと身構えた。

だが、教如が先代様であるため入所は許された。

教如は入所を許されると、即座に本堂で礼拝を行った。

光顕寺の襲撃は忘れられない事件となった。

行く先々の寺院で、教如の念仏申す姿があった。

ただ、そのあと、厳しい詮索が待っていた。

「教如様、大軍《おおいくさ》が勃発しようとするに、何を泰平に旅などしておられるのです！」

「本山より、石田様に一日も早く詫びを入れるようにと、何度も催促が参っております。教如様、何とするおつもりか！」

「教如様は関東下向のおり、東山道を下りながら、岐阜を素通りなさいましたな！　疚《やま》しきお心根《こころね》であられたことは明白でござる！」

「本願寺は門跡寺院でありますぞ！　軽々しいお振舞い、本願寺がお取潰しにでもなったら、何と申開きをなされます！」

教如は頭を垂れて、ひたすら聞いていた。

孫一郎は墨染の衣に着替え、宝徹（孫一郎）の風体で対峙した。

岐阜御坊からの意見が、出そろった。

宝徹は声を上げて、十日の光顕寺の襲撃についてのあらましを、滔々《とうとう》と語った。

「教如殿は、関東下向して巡拝をしただけだ。襲撃を受けた折、少数の侍たちは刀で抵抗した。門徒衆は鍬や鎌を振り廻して、教如殿をお守りするが精一杯だった。教如殿は、先の門主である。石田軍は、なんという傍若な振舞であるか！　隠居したとはいえ、惨《むご》い仕置きと思わぬか？」

一同を睨みつけて続けた。

「更に、石田殿ばかりに肩入れをした挙句、軍上手の内府殿が石田殿を叩きのめせば、如何いたす？　それこそ、本願寺は敵方に肩入れしたと、内府殿方にお取潰しとなるやもしれぬ。教如殿は、片方だけに肩入れをするは危険なこととして、本願寺の御為《おんため》に、命懸けで関東下向をされたのだぞ。すべては、聖人一流の法義相続を成さんとした結果でござる！」

孫一郎は、数々の軍場で鍛えた大音声を張り上げた。

詮索をしておった坊主衆どもは、こたびは孫一郎に論破されていった。目を白黒にさせるばかりで、ひと口も言葉が出てこなかった。その顛末を、本堂の隅で聞いていたのは、岐阜御坊の頭であった。

岐阜御坊の頭取の明玄坊《みょうげんぼう》は、宝徹を周知していた。石山の本願寺合戦での宝徹の軍振りが、秀抜《しゅうばつ》であったからである。

年若いにも拘わらず、猛者《もさ》揃いの雑賀衆の兵力を十二分に引き出していた。更に、門徒衆と雑賀衆を上手く配置し、間断ない襲撃を繰り返した。敵味方の両陣営から、感嘆の声が漏れたのを覚えている。

「宝徹殿が謂われるのも、ごもっともなことでござる。如何にも、本願寺を軽く見ておりますな！　教如様はあの織田様や豊臣様と遣り合うたお方でございますぞ！　そのお方になんたる扱い！　更に、教如様のお側に宝徹殿がおられる限り、教如様の懸けは必ずや勝ちますぞ！」

岐阜御坊の扱いが変わった。

九

　十二日と十三日は岐阜の西野にある岐阜御坊に宿泊することとなった。その間、岐阜城主の岐阜中納言（織田秀信）殿の返答を待っていた。

「教如、久しぶりに安気に過ごせるな。おぉ、膳をじっくり見よ。お主の好物の煮豆があるぞ。頭取が気を利かせて、般若湯までつけてくれた。あの爺さんも、なかなかいいところがあるぞ」

　中庭の青紅葉の間から、クックゥクゥと黒鳩の鳴声がした。

「宝徹（孫一郎）、また、鳩の鳴声がしますね。佐和山城で馬のところまで導いてくれた鳩と同じ種類のようです。我らとはご縁があるようですな」

　黒鳩は、宝徹たちの危難を救う場面に必ず現れるようだ。

「儂が大陸におるとき、飢饉で飢えていた村で粥を施したことがあった。村の長老が大層喜んでな、『向後は、黒鳩様のご加護がありましょう』と謂っておった。まさか、あのときと同じ黒鳩ではあるまいが、よく見かけるの」

「さすが宝徹。商売のかたわらに陰徳を積むとは……。誰にでもできることではありませぬ」

「教如の念仏三昧に比べれば、大したことはねぇ。それより、帰洛への思案じゃ。儂も雑賀衆の軍師とはいえ、今度は火器、武具が使えぬ。土地の門徒衆の助けだけが頼りじゃ。更には、岐阜中納言殿がどこまで助力をしてくれるかに懸かっておる」

「それは拙僧も承知しております。されど、人の心は掴めませぬ。誰しも己の保身が一番。ましてや、城持ちの大名となれば、大勢の家臣たちの憂慮を抜きにはできませぬ。本願寺や拙僧まで、気が廻らぬと存ずるが……」

大して気にも留めていない教如が哀れに思えた。

「教如は卑下しておるが、『弾正大弼と遣り遣った教如様』は日本《ひのもと》の何処に行っても、知らぬ者はおらぬぞ」

「さてさて、何処までが真かは見極めがつかぬ。されど、孫一郎だけは、拙僧を裏切らぬと知っておる」

「その雑賀軍の軍師殿が謂う計略で、外れた事体は一度もござらぬ。まぁ、焦らずに待っておれ！その内に良い風が吹こうぞ。ほれ、あそこに姿を現した黒鳩も頷いておるではないか」

黒鳩の頷く様が可笑しいと、教如と孫一郎は、しばらく笑い合った。声に出して笑うのは、久し振りだった。

十

宝徹は、忍びから幾つかの風聞を得ていた。

内府の誘いがあった会津征伐に、岐阜中納言が遅延しているとのこと。

中納言は、石田治部少輔から『戦勝の暁には美濃と尾張の二か国を宛行《あてが》う』との条件で勧誘されたこと。中納言が上方についたため、美濃の大半は石田方になっている。だが、まだまだ迷いがあるとのこと。

中納言はキリシタン大名だが、木造大膳《こづくりだいぜん》や津田藤三郎《つだとうさぶろう》、上方弥佐衛門《かみがたやえもん》等麾下の有力者が熱心な真宗門徒衆であること。織田家の門徒衆の懇願から、中納言が石田方に強く折衝をしていることなどを、掴んでいた。

——岐阜中納言殿は、太閤殿のあと押しで、『三法師』殿として一時期、織田家の家督を継いだ御仁だ。そのご城下にある岐阜御坊の教如には、石田方は手が出せるはずはねぇ。中納言殿は家臣への手前、岐阜御坊への乱暴狼藉も禁止の触れを出された。必ず安堵状が出されるはずだ。そうなれば、大っぴらには教如を襲撃はできまい。つまり、大勢での襲撃は、なかろう。さすれば、門徒衆だけでも警固ができると謂うもの。

ついに、随行者は十人までとの許可状が届いた。

今宵は送別の宴を開くと頭取からの伝達があった。奥から歓声が上がった。孫一郎も教如に、「これで、一安心だ」と、胸の内を明かした。

教如も、安堵したようだ。声に張りが戻っておる。

孫一郎も庭の黒鳩に、「届いたぜ」と、頷いて見せた。

急に、一陣の風が吹いた。クックゥ、クックゥと風で煽られるように、黒鳩が酉（西）の方角に飛び去った。

——黒鳩のやつ、許可状が読めるんじゃねぇか？　次は、酉の方角に来いってことだろうな。

直後に下間は、十四日の昼の賄い等を依頼する文書を書いた。下間のご印書は、使者を立てて、草道島《そうどうじま》の西圓寺《さいえん》に先行させた。

第十章　草道島から粕川谷

一

八月十四日の早朝、教如一行は岐阜御坊を出た。

門前では、多くの坊官が手を振り名残を惜しんでいた。

坊官たちは、許状があるのだからと、安心しておる風《ふう》である。安堵できる情勢ではないと、微塵も考えてもいない。

――わざわざ、憂慮を懸ける必要はあるまい。ここは笑顔で別れよう。

朝露が、孫一郎の足に纏《まと》わりついてくる。

長良川を渡船するために、船着のある堤防に向かっていた。

光顕寺の襲撃から、石田軍の穿鑿《せんさく》は依然として厳しい。

岐阜中納言の通行許可状は、供廻りは十人までが許されている。十人は、下間を始め、顔が知られておる者を選んだ。

――織田家の息が懸かっている岐阜城一帯は大丈夫だ。だが、大垣城に治部少輔が入った。故に、美濃を通行するは、格別の困難と成った。

孫一郎は、あとの者はすべて百姓姿にし、教如たちを遠巻きにして進んだ。近郷の門徒衆の数は、かなり増えている。

――このまま、安易に美濃を通過できるとは思えぬ。朝露でさえ、足に纏わり付いてくる。随行者を減らさねばならぬ。

孫一郎は、門徒衆に向かって話し始めた。

「先の襲撃で十九人がお浄土に還っていった。再度の襲撃があるは、必定と思う」

「えっ、襲撃が……」

「また、襲撃があるのか……」

「おら、初めて聞いたぞ」

大きな襲撃が一度あったので、そう何度もないはずだと多くの者が思っていたようだ。

門徒衆の負担にならないように、ゆっくりと話した。

「在所では、嬶《かかあ》や子等も待っていよう？　教如様の警固で大勢の門徒衆を死なせては、親鸞聖人様に申し訳が立たぬ。咎め立てはせぬ故、ここで別れる次第としようぞ」

孫一郎が一同に、戻ってもよいと申し渡した。

皆が教如を見れば、しきりに頷いている。

長良川の堤防の上でのことである。河原撫子《かわらなでしこ》が、寂し気に一輪揺れていた。その周辺を大きな揚羽蝶が飛んでいる。

「儂等、襲撃がまたあるようだと困るだが」

「うんだ、困るぞ」

「ただ、手次寺《てつぎでら》の和尚様に『教如様をお助けしてこい』と謂われてきただ」

「そうだ、石田方の侍衆がまた襲ってくるとは、夢にも思わねぇでよ。ここで、帰《け》えらしてもらえるのは、何ともありがてぇ」

「おらたちも、帰っていいかの」

「おぉ、帰ってもよいぞ。寺の和尚様には『お許しが出た』と伝えてくれ」

在所に帰る誰もが、『雑賀軍の軍師様が付いておる。おら、一人ぐらいいなくても大丈夫だぁ』と思い、意気盛んに帰っていった。

二

孫一郎が、幾度も諦めるように話しても、腕自慢の百姓衆は足手まといにはならぬ自負があった。なおかつ孫一郎が、ここで「帰ってもよい」と謂う意図も分かっていた。

その上で、

「引き続き、教如様をお守りする」

と、謂った八十三人の門徒衆だけが、警固として残った。

「これだけの門徒衆が警固として残ったこと、まことに心強い。されど、敵が襲撃してきたとき、侍衆は門徒衆を守れぬやもしれぬ。皆衆、誰もが守るは、教如殿だけと心得ておいてくれ」

――本願寺の中には、『教如様が勝手に内府殿に逢うために、大坂方を激怒させた』『准如様は周囲に用心して、京に留まったと謂うに！』『教如様はなんと謂う考えなしじゃ』等の悪い風聞を流布されれば、教如の地位が更に悪くなる。儂も、遠慮しながら戦うのは精神の疲労が溜まる……。警固が減って、むしろ戦いやすくなった。

目立たぬように、墨俣宿より西（北）の方角の牛牧の辺りを進んだ。

揖斐川を百姓衆の小舟で渡った。

美濃路に近い小野村の専勝寺に入った。

住職の了栄《りょうえい》は、光顕寺の襲撃の報せを受けて以来、憂慮しながら教如一行を待っていた。

一行が到着したとき、了栄は髪を洗ったばかりだった。

焦った了栄は、髪も結わずに洗い髪のままで出迎えた。

「教如様、よくぞご無事で……。西方寺殿から文が届いて、今日か、明日かとお待ち申し上げておりました。かような髪でご無礼をいたします」

と、頻《しき》りに目を擦った。余ほどに教如の身を案じていたに違いない。憂慮が溶けて、安心の涙に変わった。

見かねた門徒衆が、

「和尚、手ずからの饂飩《うどん》が伸びちまうぞ」

と謂われ、了栄は大釜に慌てて取り懸かった。

「見た目はごついが、力饂飩だで。腹一杯、食ってくだされ！」

誰もが、落ち着いて住持の人柄と温かい饂飩を堪能したかった。だが、直ぐにも、石田方の軍兵の足音が聞こえてくる情勢だった。

寛ぐ間もなく、草道島の西圓寺に向かう次第となった。

「儂が、西圓寺まで道案内をいたしますぞ。ご安心くだされ」

教如一行は、早朝より岐阜御坊を出てきた。

人好きのする了栄の笑顔を見ていると、憂慮が消し飛んだ。

了栄の言葉で、一同がほっと肩で息をついた。

孫一郎は今までの何百の軍では、迷いは微塵もなかった。

今回の教如を無事に京に戻す試練は、想像以上の過酷なものだ。

武器もない中で門徒衆は、教如を決死に守ろうとする。孫一郎は、教如と警固の門徒衆も守るのだ。

軍兵に対して、勝過ぎても相手にこちらの素性が知れてしまう。かといって、相手の戦力を削ぎながらの警固でなければ、こちらの膂力《りよりよく》が持たない。

専勝寺の了栄の申し出は、格別に有難いものだった。

三

専勝寺の了栄を先導に揖斐川、平野井川と辿っていった。

一行の正面に金生山《かなぶやま》（通称、きんしょうざん）が眼路《がんろ》に入った。

「皆衆、有名な金生山が見えてきましたぞ。昔々の平安の都の宮城《きゅうじょう》の瓦に使われた代赭《べんがら》は、ここの産であるそうな。地元での言い伝えが残っておりますぞ」

「了栄殿は、物知りですな」

孫一郎が声を懸けた呼吸で、了栄が頷いた。

孫一郎が声を発して、一気に山に向かって駆けた。周囲は稲田ばかりで、敵に見つけられたら、ただでは済まない。取り残されたら一大事とばかりに、誰もが懸命に駆けた。

警固をすべき教如が、孫一郎の直ぐ後ろを駆けていた。随行者は、役に立たぬと謂われぬように血相を変えて駆け続けた。

「皆衆、駆けろ！」

案内の了栄の息が上がってきた。すると正面に、西圓寺の大屋根が目に入ってきた。

寺の周囲にある堀には、蓮の葉が濃緑色に輝いていた。境内には木々も多く、日差しを受けて濃い影を作っていた。

「おぉ、この寺なら、安心じゃ」

「『道三堀《どうさんぼり》（斎藤道三が掘らせた）』がある城のような大寺じゃ」

「極楽のように美しい寺ぞ」

住職の細川賢秀《けんしゅう》が出迎えた。

穏やかな顔に、太い眉と大きな口が強い意志を表している。声は低いが、聞く者を安堵させる徳が滲んでいた。

「よくぞご無事で。寺には許状が下されておる故、武士も狼藉を働けませぬ。拙僧の命に代えても、教如様をお守りいたしますぞ」

本堂で話を聞きながら、孫一郎等は目を見張った。

「住職は、教如殿に酷似ではござらぬか？　こりゃ、驚いた！」

「いやいや、教如様と酷似とは、恐れ多いことでございます。当寺に逗留の間は、せめて湯漬なり食してくだされ。向後、東山道を往かれるおつもりか？」

「大垣城に石田軍が入城したと聞く。一刻の猶予もござらぬ。こちらには、岐阜殿からの許状もある故、強行策で参ろうと思うが、どうじゃ」

爪を噛みながら思案していた賢秀住職が、おもむろに話し出した。

「拙僧は日々、赤坂宿や美濃路の辺りまで偵察を出しておった。街道筋に石田軍兵が増え、『教如は、まだ通らぬか』と探索の目が厳しくなっておる。石田軍が織田様の許状を厳守するとは、とても思えませぬ！」

日頃の鬱憤を払うような、激しい物謂いであった。日々、教如の処遇を考え詰めていたようだ。

「となれば、如何にする」

「拙僧に、ちぃと思案がござる。教如様と孫一郎殿、書院にて談合を願います」

四

三人が奥書院に姿を消したのが、未の刻の頃。

土手衆は、休息や傷の治療で、周辺の檀家宿《だんかやど》に分散した。

「大層な傷でございますぞ。血止草《ちどめぐさ》を遣わせてくだされ。こちらのお方には、打ち身に効く、蕗の葉を揉んでお貼りしましょう」

「いやいや、これしきの怪我にお構いくださいますな。お浄土に還っていった同朋《どうぼう》に比べれば……」

「何を謂われます。我らも同じ同朋ですぞ」

「そうでございますとも。ご遠慮なさいますな。住職から薬草を用意しておくように触れが廻っております。ご憂慮は無用ですぞ」

各宿では、怪我の治療などが進められていた。

それと同時に、教如の側近の粟津勝兵衛《あわづしょうべえ》と粟津元辰《あわづもとたつ》が、分散している門徒衆に手筈を伝達して廻った。

西圓寺周辺は、うかがい知れぬ切迫に包まれた。

境内の楠で、黒鳩が鳴いている。雌を呼んでいるのか、黒い羽根を頻りにバタつかせている。

孫一郎が、黒鳩にクゥ、クゥと話し懸けている。

傍目には、のんびりと寛いでいる風《ふう》である。

だが、黒鳩を相手にしていても、孫一郎の頬は強張っていた。

――儂は何百と軍《いくさ》をやってきた。軍に対しての気後れはない。だが、教如を狙う者がいる以上、軍は避けては通れぬだろう……。

何度も、自問を繰り返していた。

五

ドンッ、ドドッ、ドドッ。

境内にある太鼓堂が、酉の刻を告げる『触太鼓《ふれだいこ》』を打ち鳴らした。

教如たちが、出立をする合図である。

西圓寺近くの檀家宿で休息をしていた土手衆も正門に集まってきた。

門内には、貴人が使用する立派な輿が待命していた。格式を誇る西圓寺には、常備されていたものだ。輿の周りには、西圓寺の近隣からも僧侶や門徒衆が多数、警固に出ていた。

「教如様のお成り」

煌《きら》びやかな法衣を着こんだ教如が、輿に乗り込んだ。先導として下間頼龍や粟津等が、控えている。

下間が出立の号令を懸けた。

西圓寺の檀家衆が総出で、見送りに出ている。先の門主が拝めるのは、一生に一度あるかないかのことだ。常は寝たきりの年寄りも家族が戸板に乗せてきた。

「教如様は、西圓寺の和尚様とそっくりだぁ」

「しっ、黙ってろ」

「だけどよ、ほんにそっくりだよ、ありがたいことですなぁ」

「だから、黙ってろって」

「だども、いったいどうしたこっちゃ……」

「お念仏だけ、称えておれとのお達しじゃ」

門徒衆は、謂われた通り、ただお念仏を称えた。

「南無阿弥陀仏、南無阿弥陀仏」「南無阿弥陀仏、南無阿弥陀仏」

小声で密やかに話される会話が、尋常でない一行の出立を表している。

ここで事を荒立てれば、災厄が降りかかるのではないかと、門徒衆は誰も騒ぎ立てなかった。念仏を称えるだけで輿を見送ったが、煌びやかな輿と相容れぬ風であった。

輿が見えなくなると、門徒惣代衆が前に出てきて皆に口止めをした。

「よいか、皆衆。教如様のような上《かみ》つ方《かた》のあれこれを、口外するんじゃねえぞ。口がひん曲がって、罰が当たるからな。生仏様を見てしもうたが、儂等、目は潰れなんだ。この西圓寺の門徒衆をお守りくださるからじゃ」

「これで、儂等は極楽往生、間違いなしじゃ。いいか、口外するなや。口外すりゃ、村人全員が地獄行きになってまうでな」

「『帰ってすぐ寝ろ』とのお達しだ。今日は野良仕事はやってはいかんからな」

「かように、お天道様が出ておいででもか？」

「野良でお武家様にあったら、命はねえぞ。命が惜しかったら、帰って寝ろや」

六

西圓寺の門徒衆の困惑をよそに、行列は静々と、東山道の赤坂宿に向かって進んでいった。垂井《たるい》宿を抜け、関ケ原宿に懸かった辺りで、大垣城から追いついた石田軍に止められた。

「前を行く輿を止められぃ！」

「聞こえぬか、止まれ！」

行列の一行は、その声を振り切って、走り出した。

「おい、教如の一行が逃げるぞ！　構わぬ！　殺せ！」

たちまち、乱闘になった。

「皆衆、逃げろ！」

輿の中から、西圓寺賢秀が血を噴きながら大声で叫んだ。輿を警固していた門徒衆がその声を合図に、「すまねぇ」と叫びながら一散に逃げ出した。輿の周囲には、寺侍だけが残った。

「糞坊主風情が、喰らえ！」

と、石田軍兵が頑固に攻撃を仕懸けてくる。輿の中からは、コトリとも音はなく、血の匂いが色濃く漂ってきた。

「教如様、ご免！」

と、寺侍も一人また一人と、伊吹山を目指して落ちていった。

輿の周りで怪我をして倒れているのは、石田軍兵ばかりだった。

軍兵の頭《かしら》が、輿の戸を開けた。

惨殺された教如が息絶えていた。

「こやつが教如か！　首級を打つぞ！」

「輿から出せ、首級を打つぞ！　石田の殿様の計略を無下にしおって！」

怒りに任せて首級が切られた。

首級桶に入れられた教如の首級は、警固衆を付けて、京に送られた。

七

西圓寺の正門から煌びやかな輿が出てのち、裏門が開けられた。

百姓姿の門徒衆が、在所に帰っていく風《ふう》である。

十人ほどが固まりながら、あちこちに散りながらも、杭瀬川に向かっていた。堤防に辿り着くと慌てて河原に降りた。

足元を見れば、河原撫子が、可憐な風情で風に揺れていた。

「教如様、何とか石田軍の目を欺きましたな」

「西圓寺の賢秀殿には言葉に尽くせぬ恩を被った……。石田軍の探索の網に懸からぬとよいのだが……。どうぞ、ご無事でいてくだされよ」

「向こうには、雑賀の軍師様がついておられる。輿廻りの近隣の門徒衆は、孫一郎殿の合図があったら、逃げ出すよう指示が出ております」

教如の周りを、土手衆が固めている。

河原を歩く門徒衆が増えていった。

「孫一郎殿の計略では、このまま杭瀬川を遡って、池田山麓の片山の善性寺に入れとの由。ここらで、一帯に斥候を出し、追手の有無を確かめたのち、再び杭瀬川沿いに遡って参ります」

東山道の道中に随行をしなかった粟津元辰が、教如に報告をした。

「東山道を落ち延びたのちは、関ケ原の岩手峠を遡って春日谷《かすがだに》を通過しろとのご指示。抜けていけば傳妙寺がござる。藤橋、久瀬村に合力くださる寺も多数あるとのこと。甲津原《こうづはら》を通って、近江の板並で合同。我らの退避路は敵の襲撃に応じて思案するとの由でござる」

教如は、一刻前に西圓寺の賢秀が、奥書院で語った計略を想起していた。

――『教如様、ここからは石田軍を欺くために、拙僧が囮となり申す。顔が相似しておることは天祐でござる。幸い、当寺には貴人の乗られる輿もござる。拙僧と教如様とは一尺ほど背丈に違いはあるが、輿に乗れば、さほどのことはござらぬ』との、賢秀殿の申し出を拙僧は呑んでしまった……。

教如の囮の賢秀が、襲撃されるは分かり切っていた。

命懸けの賢秀の申し出を、最後に教如は拒絶できなかった。

――拙僧は、己さえ助かればよいと謂う餓鬼に成下がったか？　孫一郎は、『折角の申し出、有難く受けさせていただく。百姓門徒の申し出なら儂も断る。だが、念仏者の覚悟は無下にはできぬ。他の随行者は、儂が誓って死者は出すまい。されど、賢秀殿には、犠牲になってもらわねばならぬかも……。真宗門徒の悲願のこの世の楽土は、教如殿を抜きには成し遂げられぬ故』と、語った。そのあと、拙僧は涙が止まらなんだ。何と業の深いこの身であろうか……。

八

河原を歩く者は、思案に暮れる教如より、『生仏様を死なせたら、我らを浄土に還してくださるお方がおらんようになる。そうなると、儂たちの村の者たちはすべて地獄に落ちねばならんぞ』と、『絶対に、死なせてはならねぇ』の一点のみを念じていた。

河原には、河原撫子や大待宵草《おおまちよいぐさ》、女郎花《おみなえし》等がひっそりと咲いている。咲いている花々がそれぞれ、あるがままに生きている。なんと美しい姿であろうか。黙々と歩いている一行の中で、花の美しさを感じているのは、教如だけだった。

――花の美しさと表裏の拙僧は、根無草《ねなしぐさ》よ。門徒衆の犠牲の上で、のうのうと生き永らえてよいものだろうか……。

足元を見詰めて歩く教如は、杭瀬川沿いの善性寺に着いた。

この寺も大寺であった。敵陣に近く、火急のことであるので、草鞋を脱ぐことはなかった。水を飲

むに止まった。住職の了智《りょうち》とは、

「安楽浄土の再会は遠いことではない。拙僧が先に立つなら、お主を導こう。お主が先に立つなら、拙僧を待っていてくれ……」

と、短い対話だけで別れた。

了智も、幼少より血で血を洗う戦場に近い地で育ってきた。

この辺りは、濃尾平野で今年も作物の実入りは良くなかった。木曾三川が氾濫をして、稲が良く育たなかった。だが、周辺に大きな屋敷が幾つか見え、裕福さが伺える。東西を東山道、南北に揖斐の谷汲《たにぐみ》に続く巡礼街道が通る要衝の地である。物売りや飯屋など、稲の育ち具合を補填していた。住民も、時の為政者が頻繁に交代するには、慣れていた。

了智は誰よりも、諸行無常を観てきた一人と謂える。随行者の一人が、

「教如様はこの世の楽土のために必要な御方。儂等が、命に代えてもお守りいたします。住持様も、どうぞお達者で」

涙を我慢する了智の無言の相槌が、一行を励ました。

更に杭瀬川を遡っていくと、池田山の裾野の上り坂がきつくなってきた。

「教如様、堤防に上がり、山を上っていきますぞ」

一行は、林が続いている勾配を上っていく。右手に曲がるというとき、教如の足がよろめいた。この何日かの退避が、偉丈夫の教如の足を縺《もつ》れさせた。

珍しく倒れて、全身を強く打った。転んで見上げたおりに、般若畑の西法寺の大屋根が見えた。

「教如様、敵方は見あたりませぬ。助かりましたぞ！」

怪我を負った教如は、調達した馬に乗せられた。

九

池田山の中腹に有る西法寺から、濃尾平野が一望できた。

稲田に風が吹いて、長閑にたなびいていた。稲穂を狙っているのか、雀がチュンチュンと囀《さえず》っていた。ここにある棚田は水害を避けて、山の中腹を開墾して作っている。日当たりが良いので、良くできているようだ。ただ、収穫は平野部に比べると少ない。雀は、少ない収穫の中から、啄《ついば》んでいく。

一行が近付いていくと、殺気を感じるのか、たちまちどこかに飛んでいった。

一行は雀に目もくれず、一息入れると先を急いだ。

「孫一郎殿の策に間違いはござらぬな。敵の姿はまったく見えませぬ。このまま粕川谷《かすかわだに》を遡りますぞ」

偵察を、あちこちの峠や分かれ道に配した。

喉の渇きをおぼえた頃、春日村の入口で泉が湧いていた。

「教如様、この水は美味と評判ですぞ。お毒見をいたしました」

教如も水を飲むために、馬から降りて石に右足を懸けた。全身の痛みは感じなくなっていた。

「教如、その水は旨いだろ？　皆衆、無事で何よりだ」

不意に後ろの方から、孫一郎の声がした。教如の周りには、二十数人が控えていた。

「孫一郎、よくぞご無事で。西圓寺の賢秀殿は如何に？」

孫一郎は、教如に向き合うことなく語り出した。

「賢秀殿を助けようと思えば、助けることはできた。されど、『輿から出れば、教如様と背が違う。偽物と分かれば、直ぐに教如様に危難が及ぶ。拙僧は、仏様や親鸞聖人のおられるお浄土に還るだけ故、首級を刎ねられても本望でござる』と、述べられるのみ。『向後、賢秀への感状等は、一切無用。賢秀は、いないと考えてくだされ』とも言付《ことづ》けられた。西圓寺の賢秀殿は、天晴《あっぱれ》な御仁よ。大した肝の太さよ！」

と謂いながら、やっと教如に頷いた。その目には、「教如が心配するには及ばぬぞ」との思いが込められていた。教如に話す暇を与えずに、そのまま、「皆衆、急ぐぞ！」と先頭に進んでいった。

賢秀の最期を告げられ、一行の誰もが咽《むせ》び泣いた。

一歩も足を進めることもできなかった。

「賢秀殿の思いを無にするつもりか！　賢秀殿は、己の命を差し出すことで、教如にこの世の楽土を願ったのじゃ。教如の替えは利かぬ。賢秀殿のためにも、教如を死なせるわけにはいかぬぞ！」

孫一郎の叱咤を受けて、一行は雷に撃たれたように歩き出した。

「そうだ。賢秀様のためにも、我らが教如様をお守りせねば」

「いつまでも泣いてはおれんぞ。門徒衆の懸命を見せようぞ」

六合下《しもが》ケ流《れ》にある遍光寺や六合上《かみが》ケ流《れ》寂静寺、香六明随寺の寺々から、門徒衆が警固に続々と加わった。

更に春日美束《みつか》の閑窓寺や長光寺、発心寺《ほっしん》では、水や稗粟の握飯が届けられた。

「国見峠が見える発心寺で、しばし国見峠からの追手を見る。追手が懸かるとすれば、関ケ原の岩手峠方面と粕川谷口方面といえる。岩手峠側から追手がなかったら、教如殿は、国見峠から近江に退避していただく。随行者は寺侍と坊官のみ！」

謂い終わり血走った眼で、孫一郎がぎろりと周囲の顔を見渡した。

「儂等門徒衆に、教如様を見捨てろと謂われるか！」

血を浴びて悪鬼のような門徒の一人が、負けじと謂い返した。土手の門徒衆は、光顕寺の襲撃で、同朋が多数殺《や》られていた。命懸けで守ってきた教如とは、死なば諸共と、皆が思い定めている。

「門徒衆は、教如殿の囮になって欲しい。春日の門徒衆と共に、貝月山《かいづきやま》を抜けてくれ。賢秀殿に付いていった下間頼龍等が辿り着いておるはずだ。その先にある傳妙寺では、傷の治療をしてくれよう。誰もが、法義相続のために必要な門徒衆だ。一人として、欠けてはならぬ！　よいか？　明日の卯の刻には、近江吉槻《よしつき》村の光泉寺で合同をするぞ！」

十

春日谷の周囲の木々の緑が深みをまし、山の生物も盛んに動き回る時季である。

愛らしい野兎がそこらを駆け､高い梢に止まっている仏法僧が､盛んに鳴声を上げていた。常なら、山作業の手を休めて、目で追うこともある光景だ。

だが、余裕のない囮の門徒衆には、それらが一切、目に入らなかった。

ただ敵兵の有無だけに気を配り、鋭い目で辺りを見回した。

合力を願った春日谷の門徒衆も、目の前の貝月山を通り抜けていった。

村の長老は、囮の衆が春日谷を離れたことを見届けた。

長老から合図を受けた春日美束の発心寺と西蔵寺、法性寺が、隠処への先導役を引き受けた。

一面の藪に行く手を阻まれた、人も滅多に通らない獣道を辿っていく。教如の手足に傷がつかないように、先頭をいく者が鉈で枝を払って進もうとした。

「待ってくれ。枝を払って進めば、追手が見れば分かってしまうぞ。獣が通った体にするため、手足の傷は我慢して進んでくれ」

と、孫一郎が声を懸ければ、随行者は教如と己の目を守りながら進んでいった。

国見峠の手前にある『鉈ケ岩《なたがいわ》』の岩屋に着いた。

巨石が覆い被さり、僅かの隙間が開いている。

入口は狭いが、岩屋の中は大人が十人ほどは座れる平間になっている。岩屋内だけでは、随行者の寝る場所がない。岩屋の前の藪を払って、座所をつくった。

座所から周りを見れば、周囲は鬱蒼《うつそう》とした木々に覆われていた。

木々が濃い影をつくり、一間先も見通しが効かなかった。

孫一郎も、「ここは隠処としては、絶好の場所じゃ」と、しきりに感心した。

「この岩屋を知っておるのは、土地の者だけじゃ。儂等は、ほとんど米は穫れず、山の獣を獲り木々で炭を造るを生業にしておる。以前なら、儂等の先祖は地獄行が必定じゃった。山人《さんじん》の儂等では、どの教えも救っては貰えなんだ。されど、真宗は違う！」

「儂等のような獣の命を奪う悪人といわれた山人も、念仏さえ称えればお浄土に還ることができるんじゃ」

「儂等、教如様をお助けできるのを、どんだけ誉れと思うとるか……。有難いことじゃ……。南無阿弥陀仏、南無阿弥陀仏」

村人たちは、親鸞聖人の教えで救われてきた。

聖人の教えを伝える教如を守ることは、命に替えても惜しくはなかった。

村人の素朴な信心に触れ、教如も己を顧みた。

――関東下向して、西圓寺の賢秀殿を始め多くの門徒衆を死なせてしもうた。だが、拙僧の行動は、必要であったのか……。

教如が死ねば『聖人一流』が途切れると、憂う門徒衆が大勢いる。教如に重ねて、親鸞聖人や蓮如上人を見ておる門徒衆も多い。

――拙僧は、時の権力者に対敵して生きてきた。織田殿とは石山の地を巡り争い、顕如様に破門に処《しょ》せられた。豊臣殿からは隠退に追い込まれた。弟の准如殿は、江戸の徳川殿に警戒をしておる。拙僧は、ただ真宗の『御法《みのり》』を守らんがために、動いておるだけじゃ。ご門徒衆は、拙僧の思いを汲んでくださっておる。

夜の帳《とばり》が落ち、十四日の長い一日が暮れようとしていた。

「美濃では、大層な血が流れた。治部少輔の足元である近江の国を抜けるまでは、一層の反撃があるやもしれぬ。儂たちがすべて死んでも、教如殿さえ生きておればよいと思うてくれ。教如殿は真宗という楽土を創るに、欠かせぬ御仁である故」

岩肌が、火照った孫一郎の心を平静に戻してくれた。

――教如はずっと親鸞聖人の御法を具現してきただけだ。故に門徒衆は、教如を生仏じゃと敬う。時の権力者は、真宗の門徒衆の財力と兵力を利用するが、教如を認めぬ。雑賀衆も鉄炮傭兵や山人、海人《かいじん》と、百姓の括《くく》りには入れてもらえん。儂たちは、もう三十年も本願寺を敵と見なす者たちと戦ってきた……。真宗の楽土が成るまでは、儂たちの軍は終わらねぇ。

賛意を表すように、山中の木々が大きく揺れた。

叢《くさむら》の虫たちも、リリリ、リリリリと鳴き出した。

やがて、山は眠りに包まれた。

第十一章　西軍襲撃　近江湯次《ゆすき》

一

近江の吉槻《よしつき》村の光泉寺前には、百人に近い門徒衆が集っていた。

どの顔も、教如が近江まで逃げ延びてきて安堵をしていた。

高い木々からは、黒鳩が翔び廻っている光景が見える。

「かような山中に、黒い鳩がおるぞ。里から山中に付いて参ったか？」

クゥ、クゥ、ククゥ。

孫一郎は、心地よい黒鳩の囀りを耳にしていた。

黒鳩という小鳥は、正に教如のようだと考えていた。

――墨染めの法衣を纏いながら、東西南北に同朋《どうぼう》を探して、日本《ひのもと》中を翔び廻る。教如が翔ぶことは、すなわち真宗の教化活動だの。命懸けながら、信心は理窟を越えた処にあるからの。

孫一郎は、集まった門徒衆を労うつもりだった。だが、その言葉を飲み込んだ。一瞬の気の緩みから惨事は起きる。気を引き締める必要を感じた。

「そろそろ刻限となった。これより山を下っていく。手足に傷を負う者はこの場に留まって、美濃方面からの追手を成敗してくだされ！　何と？　この場に留まることの何が楽なものか！　険しい山中では、逃げ廻ることが叶わぬ。今生の別れと相成るやもしれませぬ。されど、真宗門徒の極楽往生は間違いなしじゃ！　共に、お浄土でお逢いしましょうぞ。では、御免」

二

石田治部少輔の本拠は、間近にある。

何処にいても、石田軍に遭遇すれば命の保障はない。

やっと孫一郎の心境が、平静なものに変わった。

黒鳩は光泉寺の本堂屋根でしきりに鳴いていた。鳴声に励まされてか、門徒衆の表情も和らいだ。

音が響く山中を歩んでいるため、門徒衆で話をする者は誰もいない。

それぞれが、耳を澄まし足音を忍ばせている。

鹿が、急に先頭の目の前に飛び出してきた。門徒衆から殺気を感じたためか、慌てふためいて引き返そうとした。だが後足が痙攣したようで、空《くう》を蹴っている。何度か繰り返したあと、やっと跳ねるように逃げていった。

鹿を目の当たりにしても、一行からは咳《しわぶき》一つ聞こえない。

やっと七曲峠《ななまがりとうげ》を越えて、岡谷《おかだに》の徳蔵寺に至った。ここで、山道に詳しい傳妙寺と甲津原《こうづはら》の行徳寺と徳蔵寺を伝令として残した。敵兵が近付いたら、近江の湯次方《ゆすきほう》に知らせるためである。

最悪の場合、教如の行末を京の本願寺に報せなければならない。

三

岡谷の徳蔵寺を出ると、草野川に沿って五村《ごむら》御坊を目指した。

五村御坊は、慶長二年（一五九七年）頃に建立された。地元の大村刑部左衛門《おおむらぎょうぶさえもん》等が教如に土地を寄進して道場を建立したのが始まりだ。

周囲は稲田が広がる中、御坊の大屋根を見つけるは容易い。されど、今日は誰も野良仕事に出てはいなかった。道端を遊びながら駆ける子供の姿もなかった。

琵琶湖に近い故、あちこちに湿原が広がっていた。子供にとっては絶好の遊び場所である。親の仕事を手伝いながら、鬼遊びをする声が常に響いていた。

その声が、今日はまったく聞こえてこない。

野良仕事をする女子の姿もない。

野良仕事ばかりか、湖に網を打って魚を獲る姿も見えなかった。

湖北地域は、本願寺の門徒衆が一途なことで広く知られている。朝夕のお念仏を欠かさない。ここに住む以上、魚を獲って食べる行為は生活から切り離せない。先祖代々の己の暮しが、不浄の上に立つ事実を知っていた。誰もが、暮らしていくために『地獄に堕ちるしかない』と諦めていた。そこに、親鸞聖人の御法を賜った。

「俺たちも、極楽往生が約束されておる」

「漁をしても、狩をしても、救われるのじゃ」

念仏を称えれば、救われる。湖族を中心に一途な門徒衆が形成された。

孫一郎は、教如の関東下向に際して近江の門徒衆の支えを期待していた。中でも五村御坊周辺の湯《ゆ》次《すき》地域は、近江の中でも熱烈な支持を示していた。

近江は昔から一途な念仏者が多く、寺の数も多い。教如に合力しようとする門徒衆は何千何百といる。それに反して、佐和山城城主の治部少輔は、教如を仇敵にしている。

教如を無事に帰洛させるために、両者の衝突は避けて通れないだろう。

教如の帰洛の成否の要と成る地である。

歩いていくにつれ、宗元寺、東主計《ひがしかずえ》寺、運行寺、極楽寺の僧侶、門徒衆が何人も迎えに来ていた。

襲撃の彊直《きょうちょく》を強いられていた土手衆は、大勢の出迎えを見て安心した。更に、周辺の平安な風景を見て、もう大丈夫だと思った。

だが、この辺りは治部少輔の城下である。湯次衆は、土手衆の凄まじい身形から、再度の襲撃を無理強いはできないと判断した。

土手衆が、「これだけ大勢のお迎えがあれば無事だな」と口々に語り合う様を見ても、口を挟まなかった。土手衆を、これ以上危難な目に合わせる訳にはいかぬ。

「教如様の警固を宜しくお頼みしますぞ」

去っていく土手衆の両手は泥にまみれ、体中に鮮血がべったりと付いたままだった。

「儂等は、教如様を命懸けで守りましたぞ」

「委細、承知。我らも身体を張ってお守りいたす」

土手衆は、意気高く美濃に帰っていった。

近江の警固衆は、更に増えていった。

草野川沿道には極性寺、玄龍寺、蓮台寺、法音寺、成満寺、長願寺、満徳寺、休安寺といった寺々からの警固衆で埋め尽くされた。何百人に警固衆が膨れ上がった。

孫一郎は、『警固衆の数が増えれば、城兵に発見される』と危惧していた。だが、この地での襲撃は、避けられぬ。石田方も偵察を出して、見張りを強化している。ならば、一人でも多くの味方が欲しかった。石田軍の本隊が、大垣城に入城した今、教如の警固衆が何百人も集まれば、石田方とて、容易に手出しはできぬ。

孫一郎の耳には、微かに敵兵の轟が聞こえてきた。

――城からの敵兵が襲撃してきても、この辺りは四方から攻めては来れぬ。ここで門徒衆に防いでもらおう。

決心すると同時に、孫一郎の目は遥か遠くの敵兵を捕えた。傍らの教如を見ると、馴染みの顔を何人も見かけ安心した様相である。かたわらにある石橋に腰懸け、近くの者に話しかけようとした。

その時だった。

四

「教如様、敵兵が来た！　危ねぇ！」

目端の利く門徒の一人が、大声で叫んだ。その声を機に、孫一郎も大声を張り上げた。

「午《うま》（南）の方角の北国脇往還に石田の軍勢が見えるぞ！　子《ね》（北）の方角に逃げるぞ！　この近くの寺に逃げ込めぬか？」

「孫一郎殿、無理だ！　美濃の島御坊（草道島西圓寺）のような許状がある大寺がありませぬ！」

「仕方がねぇ！　粟津元辰殿と湯次の満徳寺殿！　近江衆を指示して、この橋で食い止めてくれ！」

すでにあちこちから、喊声が上がっている。

「南無阿弥陀仏、南無阿弥陀仏……」

「ギャッ、ギャアー」

「引かば無間地獄ぞ！」

石田軍も、城とは目と鼻の間合いである。徳川軍に通じた教如の一行を、生きて通す考えは毛頭ない。忍びから、光顕寺の襲撃が失敗した事実は城方に報告が上がっていた。

「本願寺の教如を見つけ次第、成敗いたせ！　前門主と遠慮をいたせば、好い気になりおって！」

「ご報告。早馬にて、垂井辺りで成敗した教如は、偽物の如しと報告有」

との報が上がり、城兵が一同、歯噛みをした。故に、

「教如は、東方の内府に内通しておる。上様（石田三成）の御為にも、決して通行を許すな！」

と、城代からの叱咤も加わり、石田方の「教如憎し！」は、格別の度を増した。

刀や槍を使い慣れた軍兵が、十数人で隊を組んで襲ってきた。

門徒衆も力自慢が加わっているが、刀や槍に慣れてはいない。何十人が次々と血を噴き倒れていく。

「教如様だけは守れ！」

一太刀を浴びても、なお前に出て奮闘する湯次の衆がいる。髷を切られ、血みどろになっても、槍を振り廻している。

「ここで食い止めろ」

「生仏の教如様を死なせては、我らの極楽往生が叶わぬぞ！」

得物を振り上げた途端に三方から突かれて、血を吐いて倒れる者もあちこちにいる。

軍兵は寡兵ではあるが、猫が鼠を甚振《いたぶ》るように、徐々に追い詰めている。

「おらおら、お前等は昔から治部少輔様に楯突きやがって！　はぁ、教如だぁ？　念仏者にあるまじき暴れ者が！」

「京で准如殿と大人しくしておれば、かような難儀に合わずに済んだであろうに！」

「儂は、門徒衆をすでに十人は斬ったぞ！　切られるのが嫌だったら、坊主は寺で経を称えろ！」

それでも教如の楯にならんと、門徒衆は前に出る。

その度に切られ突かれて、折り重なって人の塚ができていく。

念仏を称えながら石田軍兵に懸かっていく門徒衆は、まだ大勢いる。

「この場は湯次衆に任せて、教如と随行衆は酉（西）の方角に逃げるぞ！」

孫一郎は、念仏を称え続けている教如を肩に担いで駆けた。

「南無阿弥陀仏、南無阿弥陀仏」

「教如、しばらくの辛抱ぞ！　門徒衆はお主を助けてお浄土に還るのじゃ。有難いと思うておるぞ！」

「南無阿弥陀仏、南無阿弥陀仏」

「教如！　お主は、ただ念仏を称えておれば良い！　それが務めぞ！」

戦いに於いて、孫一郎は涙を流したことはなかった。

だが、懸命に生きていこうとする門徒衆は、西方の軍兵とは何も関わりはなかった。あるとすれば、本願寺の教如を守ろうとするだけである。

己が信心する浄土真宗の前門主を助けようとしているだけなのだ。

「畜生！　信心するのが、悪いのか！　この世の地獄を逃れ、後生の大事を願うのが悪いのか！　教如を見ろ！　一心に念仏を称え、衆生を救わんとしておる！　政《まつりごと》と信心を一緒にするな！」

孫一郎は、懸命に逃げながら涙を流していた。

教如を抱えていても、孫一郎に追い付く者はいなかった。

五

孫一郎は、草野川から離れた尊野《そんの》の葦原に辿り着いた。

雑賀衆の軍師の勘が、『ここで教如を降ろして匿え』と謂った。何百と行ってきた軍でも、勝敗を分けるのは、一瞬の判断だ。咄嗟に正しい判断ができるからこそ、軍師を名乗る。

教如は今もって念仏を称えている。

そこに、決死の形相の下間頼龍が追い付いた。五、六人の随行者も来た。

「この葦原に身を隠せ！　教如殿のように蓑を纏っておるな？　儂が異国の念仏を称えるが、じっとしていろ！　儂が戻ってくるまで、動くんじゃねぇぞ！」

孫一郎は雑賀衆の軍師として、しばしば大陸に渡っている。

別格な術を体得していても頷ける。

孫一郎が口の中で一風変わった念仏を称える。

周辺の葦がザザザザッと音を立て始めた。

教如が隠れている周辺の葦が、ことごとく片葉の葦に替わった。不思議なことに、隠れている教如たちの姿が葦で見えなくなった。

――ここまで、見えなくなれば、まず良かろう。だが、かように効力のある念仏とは聞いてはおらなんだ。生仏である教如がいたから、効力が増したのであろうな。

孫一郎は、待機させてあった田村寺や光乗寺、本誓寺を片葉の葦原に呼び寄せた。暫時の張番を指示した。孫一郎自身は、駆け戻って乱闘に加わった。

「もう、許さねぇ！　おらたちの教如様が何やったっていうだ！　織田様には『石山から出ていけ』と、本山を追われた！　親にも反駁したと顕如様には義絶された！　太閤様には、『准如殿に門主を譲り、隠退せよ』と、若隠居よ。おまけに、親鸞聖人の関東御旧跡巡拝をするって謂ってるのによ、疑いおって！　坊様が関東の旧跡を巡ってお参りしただけだぞ！」

蓑を着て、手拭いで頬かむりをした孫一郎は、百姓衆としか見えない。

鍬に振り廻される体《てい》で、軍兵の足の腱等を打っていった。

「こやつ、百姓のくせしやがって……。いたっ、いたたたたっ」

孫一郎は、構わずに打ち続けた。百姓が鍬を振り廻しただけ、とは謂えぬほど的確につぼに嵌る。故に軍兵といえども、息がつけぬほどの激痛に襲われた。しばらく、しゃがみ込んで呼吸を整えた。立ち上がって、門徒衆に向かおうとしたが、もはや周囲には死人か重体の怪我人しかいなかった。

孫一郎は巧みに移動して、城から離れていった。騒動を起こせば、城から次々と援軍が来るのは、自明であった。

先ほどよりも、声を荒げて門徒衆に同調を求めた。

「教如様は何も悪いことはないわな！」

「うんだ、うんだ！　お侍様方、ここでおらたちが全滅したら、一向一揆がまた起こるぞ！」

「教如様への仕打ちに我慢ならん門徒衆は、日本《ひのもと》中に何万とおるからの！」

「おらたちも、おらたちを殺したかったら、殺せ！」

「おぉ、美濃から助太刀が来たぞ。松明が見えらぁ！」

石田の軍兵が混乱した。

「隊長がやられたぞ！　逃げろ！」

と、孫一郎が叫びながら、鍬を担いで一番に逃げ出した。

石田軍は孫一郎の大声を、味方の声と思い違いをした。声も立てずに、わやわやと、城に向かって逃げ出した。

「湯次衆も、逃げろ！」

逃げる者や形だけでも湯次衆を追う者で、辺りは混乱した。お互いを恐れて、逃げ惑っている。逃げ場のない者は慌てて、田に入った。

収穫が近い稲が、踏み荒らされて無惨な姿になった。門徒衆の中に百姓衆も何百何十人と来ていた。

「軍兵は、民百姓が丹精した米を踏んでいきやがった」

「他の軍兵なら分かるぞ。だが、俺等の軍兵のかような狼藉を許せるか！」

「米だけじゃねぇぞ！　生仏様まで襲撃をしやがる！」

「儂等に、死ねというとるのじゃ！　儂等は、邪魔なのか！」

本来なら命懸けで守るはずの稲も、一顧だにされず、血みどろになっている。稲穂についた血の匂いが強すぎるため、雀は近づいてこなかった。

敵から領民を守る役目の軍兵が、領民である門徒衆に襲撃を仕懸ける。

百姓はいつも踏みつけにされる。

この世が地獄であっても、お浄土に還る定めの門徒衆は、それでも今を精一杯に生きている。

余りな仕打ちに、門徒衆はお国のお侍さんへの遠慮がなくなった。

格別に凄惨な様相が増した。殺されて動けぬ人数が増えていった。曼珠沙華《まんじゆしやげ》が、堤のあちこちで手向けの花のように咲いていた。

死に至った門徒衆を、一人一人、荼毘に付すこともできなかった。切迫したときが過ぎた。

生き残った湯次衆は、後ろも見ずに孫一郎に続いた。

片葉の葦原に着いた孫一郎は、また、もごもごと念仏を称えた。

「おぉ、よく寝たぞ！」

と、教如や下間頼龍等が立ち上がった。慌てて敵に囲まれたと身構える様《さま》が可笑しいと笑いが起きた。

「敵は、すぐに追ってくるぞ！　本誓寺殿、早崎の船着に案内を頼む！　腕自慢の船頭を、待機させてあるからな」

六

北国脇往還の方から、

「彼奴等《あやつら》、香花寺《こうけいじ》の方角に逃げていきましたぞ！」

「者共、一人も逃がすな！　教如を探せ！」

と、馬上から大音声が聞こえた。

名のある武将が助太刀に来たようだ。軍兵の揃った足音が、響いてきた。

――急いで、ここを離れなければ危ない。

こたびの隊はかなりの修練を積んでいる。少人数といえども、侮れぬ助太刀のようだ。悠長に構えては、危険が迫っている情勢であると分かった。

孫一郎は怪我人を助けて走ろうとする者へ、きつい物謂いで叫んだ。

「皆衆、ぐずぐずできねぇ！　走れ、後ろを見るな！」

孫一郎は、また教如を担ぐと、疾風《はやて》のように駆け出した。

堤防のあちこちに、薄《すすき》の穂が風に揺らいでいる。薄の穂を見ていると、孫一郎は幼かった頃に、思いが飛んでいた。

――あの頃は、技を磨くのに懸命だった。諸々の技が新しい世に連れていってくれた。修練を積んで、誰にも負けぬ膂力と知恵が身に付いていった。

そうだ、本願寺の石山の合戦が、俺が初めて差配した計略だった。あれから、三十余年か。身体や態度は、偉丈夫になったが、中味はあの頃の餓鬼のまんまだぜ。教如、死ぬなよ。

白鼠色に輝く薄の穂は、軍でささくれた孫一郎の心を優しく撫でていった。

――教如は高貴の生まれのはずだが、何処か薄の大胆さもあるよな。大風が吹いても、逆らわず靡いている。かといって、がっちりと土を捕えた根は、少々のことでは倒れねぇ。油断しておると一面の薄ヶ原になっちまう。時の権力者は、教如の薄が根着かぬように、躍起になってやがる。だがな、儂は地獄に堕ちても教如を支えるぜ……。

やっと早崎の船着に着いた。船頭たちが、一艘一艘に分散して、直ぐにも漕ぎ出せる準備をしていた。その中に、禁裏隠密の棟梁の熊丸の姿があった。

「若、遅いお着きでござったな。待ちくたびれましたぞ」

「詳しい話は後じゃ。俺もかように大きな童の子守りをしておったで、遅くなったわ」

早崎の船着から、何艘かの小早舟に乗った。差配してあった船頭がすぐに舟を出発させた。

その様を見届けてから、湯次衆は一散した。孫一郎があらかじめ、『逃げるときは、追手が的を絞りにくいように、四方に散れ』と、伝えてあった。更に、『直ぐに、塒に帰るんじゃねぇ。追手に居所を嗅ぎつけられると、一家惨殺の憂き目に遭う』と伝えてある。

今晩は、伊吹山地か、八幡山、賤ケ岳等、近くの山で軍兵の様子を見るはずだ。

あたかも蜘蛛の子を散らしたように、瞬く間に見えなくなった。

「本願寺の門徒衆は、教如に似て、逃げ足の速えぇ奴等だよ」

船に乗り込んだ余裕から、孫一郎が戯言を口にした。

石田軍は、舟の用意はしていないようだ。岸辺に立って、悔しがっている。

今日は、触れが出されているのか、周辺で漁を行っている者もいない。襲撃があるからと、あらかじめ、退避させてあった故に、急ぎ逃げていく孫一郎たちに追い付く術がない。

船着で、

「戻ってこい」

「卑怯だぞ」

等と、喚《わめ》いていたが、やがて退散していった。

「誰が戻るかってんだ。もっと計略を練っておけ！」

「そうだ、そうだ。こっちには天下の雑賀衆の軍師様がついておるからの」

湖面を打つ風によって、波が陽に当たって光っている。

小舟だが船頭の腕が良いため、大して揺れなかった。幾度かの襲撃を躱して舟に乗っておる随行衆は、彊直が緩んで眠気を催したようだ。船縁に凭れて、微睡み始める輩もいた。

教如は、湖面を飽かずに眺めている。湖面の表面を小魚がぴちぴちと、跳ねながら同輩と群れて泳いでいた。孫一郎は、

――教如は、米粒のような小魚が同輩と仲睦まじく暮らしている様も喜ぶはず。教如の下、誰もが思う様に暮らせる念仏三昧の楽土ができぬものかの。

「孫一郎殿、波が煌めいて美しいですな……」

「命からがら逃げてきたばかりだっていうに、教如殿の規矩《きく》に捉われぬお言葉。まったく恐れ入るぜ。教如殿がこんな阿呆だから、儂たちみたいな真の阿呆は、死ぬまで離れられねぇな！」

誰もが「儂は阿呆だ」と口々に喚きながら、大笑いをしている。

まともに思案する者は、怖くて教如のお側衆は適わない。

時の為政者に反駁する教如に同調すると、同様に命を狙われる次第と成る。

仏弟子として、命懸けで念仏申す者だけが、教如と親鸞聖人が重なって見える。強い信心と体力と知恵を持たぬ者は、早々に挫折をして、教如の元を去っていく。長年、教如のお側にいる孫一郎さえ、左様に思案する。ましてや、大して思い入れをしておらぬ者は、教如の破天荒な行動を、頭が狂って

いると捉えるやもしれぬ。
湖面の波は、そんな一行を笑って励ましているようだった。

第十二章　東本願寺創立

一

慶長五年九月十七日（一六〇〇年十月二十三日）の未の刻。大津城の書院では、徳川内府と本願寺教如の対面が行われる。

孫一郎は、この対面の重大さをよく承知していた。

故に教如とは、対面の検討を幾度もしてきた。

教如も聡明な性質であるから、嫌な顔もしなかった。孫一郎が、

「『軍《いくさ》を交えずに、以前に匹敵する勢力を得る』が、肝要よ」

「孫一郎、左様に都合よく対面が進むと思えぬがの」

「いやいや、俺には分かる。内府殿は太閤の成し得なかった盤石な天下を願うておられる。俺たちも軍に明け暮れてきた故、分かるであろう。内府殿は弾正大弼が討死するまでは、自国に戻れなんだ。故に、軍のない世を望んでおられる」

「拙僧の『親鸞聖人の御法で真宗の楽土を開きたい』との願いに通じるの」

「如何にも。内府殿は、親鸞聖人の御法を尊ぶ態度が伺われる」

「拙僧は、瑣細《ささい》の弁説は不得意ぞ」

「分かっておる。内府殿から『今の本願寺の三層倍の土地を教如殿に寄進したいが如何か』と問われたのか？　本多佐渡守からお聞きしたのじゃ。『その返答が、教如様らしい』との仰せでの。如何に返答をしたのじゃ」

「あぁ、『多すぎる寺領は、子孫の諍いの元になる故』と、辞退したのじゃ」

「内府殿は教如の心根《こころね》をいたく喜ばれたそうな。故に、こたびの対面では、何とか教如の意に添いたいと願うておられるそうな。内府殿の憂慮を無下にせぬようにな」

「委細承知。拙僧も思案しておる故」

と、対面を巡って遣り取りがあった。

教如には、『すべて任せた』と返答をした。だが、刻限が近付くにつれ、何とも落ち着かない。

故に孫一郎は、対面の書院の天井裏で見届ける顛末と成った。

二

——今日の床間の花も竜胆が活けてある。佐和山城と同様ぞ。内府殿は大の生薬好き。自らの手による調薬で、日々の身体の加減に留意されておるそうな。内府殿と治部少輔のご両人の明暗が、竜胆からも如実に分かれる結果と成ってしもうたな。生薬とは恐ろしいもので、使い方によって、毒にも薬にもなる。つまりは、表裏に分かれる。

孫一郎は感慨に耽っていた。軍の趨勢《すうせい》にも考えが及んだ。

——軍も表裏に分かれる。西軍の治部少輔は敗北を喫した。だが表裏が反転し、西軍の勝利に終わったやもしれぬ。さすれば、教如は捨扶持を一生貰い、大津で鬱々として生を終えるに至ったはず。教如から見たら、今般の情勢が数段、望ましい。されど、教如が捨扶持をいただいておっても、今日のような情勢がいつか廻ってこぬとは謂い切れぬ。真に、人の天命とは、摩訶不思議よ。

孫一郎は、何度も思案を廻らした。

——まさしく『縁起《えんぎ》』だな。今、俺がここに至ったは、必定に因ってである。

孫一郎は、確かに日本《ひのもと》を二分する、東軍と西軍の軍《いくさ》には参加をしていない。されど、教如が西軍と東軍の間《はざま》を動いた事実は、消すことはできぬ。むしろ、内府は教如に恩を感じている。それほど、先の大軍における教如の働きは卓抜と謂える。その教如を全身で支えた孫一郎の評価は上がって然りである。

されど孫一郎の関心は、左様な大事にはない。

教如が、如何に対処するかのその一点だけにある。

——俺は教如だけを支えておるが、ひいては日本《ひのもと》を支えておるに繫がっている。

同時に教如も、関ケ原合戦の両軍の武将の行末に思いを馳せていた。

——一月《ひと》ほど前の大軍《おおいくさ》であったが、もう何年も経ったようだ……。孫一郎がおらねば、拙僧は生きては戻れなかったに違いない。関ケ原の地での大軍に、内府殿は大勝をされた。その裏で、拙僧たちの軍も確かにあった。本願寺の門徒衆が立ち上がって、何度も拙僧への襲撃を撥ね返してくれた。拙僧も共に苦労を重ねて、門徒衆と共に立つと謂う意を固めた軍だった。

教如は、長年に亘って支えてくれた門徒衆に対して、如何にすべきかを思案した。

――本願寺として、日本《ひのもと》の何処で暮らしても、親鸞聖人の御法をいただければ、これ以上の有利は有るまい。内府殿が、拙僧の願望を聞き届けてくださるならば、『教化活動の便宜』を願うか。更に、破門されたり締め付けられたりした者の、待遇を善処せねば。孫一郎も、破門に処せられたままで、集う念仏道場に苦慮しておる故。

教如も何とかして、門徒衆の苦悩を取り除きたいと願った。

三

今日の対面は、教如と長年に亘って通じていた金森法印素玄《ほういんそげん》（長近《ながちか》）の尽力によるものだ。法印素玄は、この対面の大事さと、教如の心根《こころね》も十分に理解していた。

時宜を見るに長けた法印素玄は、練りに練った日を選び、対面に漕ぎつけた。

「上様、教如様、本日はお日柄もよく、祝着至極《しゅうちゃくしごく》に存じます」

年配の法印素玄が辞を低くし、口火を切った。

「法印素玄殿、お骨折りいただき有難く存ずる。貴殿が織田軍の赤母衣衆の頃より、儂は存じておりますぞ。誠にお元気で何より。亡き太閤殿下が有馬温泉に入湯したおり、貴殿が十歳ほど年下の殿下を負ぶって入湯したと聞き及びましたぞ」

「誠にお恥ずかしい限り。儂も齢《よわい》だけは重ね、かような老いぼれに成り申した」

「いやいや、貴殿は関ケ原合戦のおりも、本戦に参加し、石田軍に対してくだされた。誠に、大した武将よ。『気相《きあい》』の人であると感服しておりましたぞ。江戸の右大将（徳川秀忠《ひでただ》）や本多佐渡守《ほんださどのかみ》（正信《まさのぶ》）も同様に申しておった。我らは、二心者には、散々苦労いたしたのでな」

法印素玄は恐縮の体で、次に教如を前面に押し出した。内府も分かっておると大きく頷きながら、

「教如殿、早々のご挨拶、痛み入る。九月十五日の関ケ原の合戦は、我らの大勝であった。武家の習いとして、征夷大将軍の徳川が、江戸に幕府を開きます。向後は、教如殿へのご恩返しができますぞ」

内府の鋭い眼光を、泰然と受け止める教如がいた。

「拙僧は、親鸞聖人の関東御旧跡巡拝の折に、内府殿にご挨拶を申し上げたのみ。恩に感じていただくような、大層な働きをしたわけではございませぬ」

「それよ、それ。教如殿は、誠に奥ゆかしい御仁よ。さりげなく語る話から、上方軍の兵馬の配置が手に取るように掴めたわい。何より、教如殿の関東下向の報が、日本中《ひのもと》を駆け抜けた。去就を決め兼ねておった武将どもが、徳川に山崩の如く味方したのだ。九月十五日の大勝も、教如殿のお蔭でござる」

教如は、内府からの過分の言葉に謙遜を繰り返した。

――八月十七日に大津御坊で、徳川の二代（秀忠《ひでただ》）殿と談合をしたおり、孫一郎が謂っておった。

『あのお方なら、いつでも懐柔が可能だ。それに引き換え内府は、軍上手でありながら腹芸にも富ん

だお方。儂たちが二人で束になっても、いつ越えられるか分からぬ武将ぞ。ここは、内府の計略に乗った体で、本願寺の勢力図を拡充するが肝要』と、孫一郎が描く計略は、何十年も先を見越しておるな。

内府は続けていった。

「教如殿、ここは本願寺の門主に返り咲いてはいかがかの？」

「拙僧のような難儀者が返り咲いては、本願寺の中で同士打《どしうち》に成果《なりは》てるは自明でござる。隠居が、泰平に念仏三昧ができるような一所を安堵いただければ、これに勝る喜びはございませぬ」

四

教如は、孫一郎の計略通りに内府と談合を繰り返した。

そのかたわらには、常に本多佐渡守が付き添っていた。当初は孫一郎も、

「佐渡守は何か魂胆が、お有りなのだろうか。以前は一途な一向宗門徒と聞いておるが……教如は何か聞いているか？」

「いや、進捗の情勢は聞いておらぬ。それよりも、対面の場へ赴くときに廊下で擦れ違った。されど、破門を解かれた門徒のように仰々しい態度は一切ござらぬ。むしろ素気ないと、張り合いがないほどだ。本多殿は、拙僧が内府殿に鄭重に扱われるを面白くないのではと推察するぞ」

教如の返答を聞いた孫一郎は首級を捻った。

「それは、不審な。俺は忍びから、『内府様は、准如様を退避させ、本願寺の留守職に教如様を復職

させたいとのご意向が強いと推察。されど、その情勢になると、また、准如派と教如派の厳しい諍いが噴出すると、佐渡守様は憂いておいでござる』と報を受けておる。内府殿も優し気であるが、我らの内訌が血と血で洗う様になれば、『領国を持たぬ真宗の念仏国』を壊滅に追い遣る所存では有るまいか」

「拙僧は、初回の対面で内府殿に、はっきりとご返答を申し上げた」

「それは、確かに聞いた。だが未だに、教如に対しての『ご恩に報いる』形のものは決定しておらぬ。教如の提案だけを鵜呑みにできぬ策略があると見る」

「それは、何という思案でござるか」

「武家の棟梁として、幕府を開くのが、内府殿の一の望みのはず。されど、武家の棟梁としての幕府のはずが、いずれも武家が貴族の真似をする。さすれば、武家の地位は失われる。つまり、幕府が短命に終わるか、長期に亘っても、禁裏に振り回される」

「その幕府と我らの本願寺と如何様な関わりが有るのか」

「内府殿は如何に『ご恩に報いる』形で、幕府を長きに保つ仕組みを思案しておられる」

「左様な、邪推をするものでは有るまい。孫一郎も人柄が捻くれてきたものよ」

「いやいや、俺の策略を侮るなよ。今に見ろ。内府殿から教如に談合の案内が来たときは、内府殿の思案が成ったときよ」

教如は、『内府殿が左様な謀略めいた策略を廻らすはずがない』といったが、その翌日に呼ばれて談合を持った。

「教如殿、如何であろう。佐渡守が『本願寺はすでに、二派に分かれております。こたび、上様のお力で、教如様が本願寺の一派を立てられては、如何かと』と、示唆を受けた。儂も思案を重ねたが、それが最上の策ではないかと思う。場所は、今の本願寺のある東を考えておる。広さは……」

これ以上の格別な優遇は辞退すべしと慌てた教如に、

「以前教如殿が『三層倍もの広さは……』と難色を示した故、太閤様の寄進された本願寺と同じ広さとする。長幼の序を尊重すべしと考える故、儂の我慢の限度がそれよ。更なる要望は聞かぬ。破門をされておる門徒衆が、不憫と思うならば承知できるはずじゃ」

否応なしの提案に、教如は「謹んで承って候」と、返答し退避した。

五

関ケ原合戦の二年あとに、内府から京都烏丸六条の地を得た。

「ほら、俺の謂った通りに成ったであろう。西洞院通《にしのとういんどおり》を挟んで、かように左右が同様な土地を調達するとは思案の外であったが……」

かような隣の土地を宛がわれると思いもしなかった教如は、困惑した風情を隠さずに語った。

「孫一郎、拙僧は、ほとほと困惑いたしましたぞ。准如殿からすれば、あたかも邪揄のような配置と思うであろう。拙僧が指示をしたが如くと捉えておる由。如何すべきかの」

「左様な些末な仕儀に、気を病むでないわ！　かような決定をいたした内府殿を批難すべきで、教如は何も考えぬが良い。あたかも、知恵が廻らぬ振りをしておるのじゃ。さすれば、かような次第に成ったのは、内府殿の計略であると噂が広まるはずじゃ。計略に騙された馬鹿な門主を演じておれば良い」

「左様に『馬鹿』と謂われると、門徒衆まで馬鹿扱いされぬかの」

「破門をされていた門徒衆は喜んでおる。念仏の道場が開かれれば、堂々と礼拝をする場がある故な。俺もずっと破門をされておった。お主は失念しておったようだが……」

「お主の破門が続いていた事実は掌握していた。されど、拙僧への合力が根源である故、何も謂えなんだ。長年に亘り、真に済まなんだ」

「良いってことよ。お主の真意は分かっておる。戯言が謂える時機に成って、有難い。襲撃を受けて先にお浄土に還っていった同朋に見せてやりたいものよ。真の信心を持っておった面々よ」

「左様。今日までの不遇な立場でも愚痴や悲憤を吐かずに、拙僧を支えてくれた。彼是と注文を付けるは、執着の極みよ。己はただ受け入れるのみ。念仏三昧の暮しが、どのような次第かは思いもよらぬ。されど、集う門徒衆の和顔《わげん》に触れる日々は、この世の極楽と謂えような」

「そうだ、そうやって毎日を過ごしておれば、境内が極楽往生の世と成ろうぞ。さすれば、犬猫の死骸が敷地に放り込まれても、笑って済ませるぞ」

「孫一郎も存じておったか……。先日は、浮浪の果ての牢人衆が数人、放り込まれておった。坊主衆は、西側の仕打ちに違いないと憤慨している。されど拙僧は、この世が地獄の如く苦しい暮らしの中、『本願寺の境内にいけば極楽往生が間違いない』と成れば、いつ果てようとも、安心しておれる」

「そうさ。民衆の宗教である真宗を信心しておれば、何も憂いはない」

と、孫一郎は長年の流浪の末の念仏を謂い切った。

元から孫一郎には、一本信念が通っていた。こたび、それが信心に変わった。まったく、散逸《さんいつ》はない。

六

「教如、俺はお主と共に、信心を深めてきた。されど、俺が格別にお主の身を案じたときがあった。いつのときか分かるか?」

教如は思い当たる節があるのか黙っていた。

「左様、太閤より、隠退を勧められた折よ。ずっと風雪に耐える竹の如く辛抱を重ねてきたお主だった。精神に不調を来《きた》したときも、何とかじっと耐え忍んできた。門主に成ってしばらくして、査問に問われた折ぞ」

しきりに頷く教如は、じっと憤激を抑えていた。握りしめた両手の拳が震えていた。

「あぁ、さすが同朋だ。あのとき、頼廉が不服の声を上げた故、拙僧は我に返った次第。身近に小太刀でもあったら、阿修羅の如く太閤さえ切っておったぞ」

「俺もだ。あの罪状めいた覚書は酷かった。あの折、俺は、天井裏に潜んでおった。聞いておって、幾度も天井を蹴破ろうと思うたぞ。俺は、直ぐに下で、教如が耐えておるに、当人でない己の気儘で、教如の地位を危うくしてはならぬと何度も謂い聞かせたのよ」

教如は、茫漠たる目で、下賜された土地を見詰めた。

「拙僧は、准如殿が生まれてから、何かと如春尼様に疎まれていた。三条の浄光尼様はその風《ふう》を感じて、格別に拙僧を可愛がってくださった。故に石山の地を廻る軍の折は、嫌な思いはまったくなかった。武将以上によく働いた故にな」

「左様、あの頃は教如を『僧侶にしておくは惜しい』と、雑賀衆の孫一大将も仰ったの」

「風聞で聞こえてきて、拙僧も嬉しく思った次第。されど、足懸け十一年の合戦の敗北が色濃くなってくると、顕如様も旗色を変えてきた。それに伴って、如春尼様が再び、『武骨な教如殿では、本願寺の行末が思い遣られる』と、口の端に乗せられるように成った」

教如は、当時を思い出すのが辛い様子であった。

「俺も度々、親父殿（雑賀孫一）から『風聞がある』と聞いた記憶がある。本願寺の表では、左様な話は、露ほども出ておらなんだ由。されど、奥の女子衆が、如春尼様の意を汲んで、准如殿を贔屓にする者が出てきた。されど、左様な女子共の声を本気にはされぬ顕如様のご気性は、俺もよく存じていた」

「故に、両親が拙僧の気性の荒さを話題に乗せる事実はあった由。されど、石山の合戦で拙僧が顕如様の輔佐をしておる様から、『本願寺の御曹司は頼もしい』との風聞が高く謂われるようになると、新門主への期待もあった」

「左様、顕如様も後継者を代えようとは、仰ってはおらぬ」

「そこは俺もよく覚えておる。やはり、大坂抱様が気に入らなんだか」

「顕如様も『新門が、本願寺を窮地に追い込みはしないか』と、憂慮されるは確かな事実と把握している。だが、それだけだ」

「弾正大弼の手前、流浪に出るときは破門にされた。だが、弾正大弼が討死との報を受け、戻ると即、破門は解かれた。その後は、顕如様と二人で、本願寺を大坂城近くにまで移転をさせる工作に明け暮れたのだ。あの頃は、顕如様とで、苦しい作業も苦しくはなかった」

教如は、楽し気に語った。

「あの当時の本願寺は復旧の勢いが凄まじかった。太閤も恐愒《きょうかつ》を覚えたのでは有るまいかの。太閤は己の弱味も知っておる教如が邪魔だったはず。如春尼様が有馬温泉の太閤に訴え出るなど思いもよらぬがな」

「拙僧は、査問の折、平安の頃のある陰陽師の言葉の『人を呪わば穴二つ』を思い出したのだ」

「他人を呪って殺そうとすれば、己もその報いで殺されそうになる。故に、墓穴が二つ必要になるってやつか？」

「弾正大弼に施した報いが、廻り廻って母上からかような仕打ちを受けるに至ったと思案した。これ以上は、報復をしてはならん。『因果応報』で己に返ってくる。己だけならまだ良い。本願寺がお取潰しにでも成ったらと。故に、拙僧は耐えた」

「耐えた故、美しい念仏の花が咲いたの」

孫一郎は、これまでの苦難に後悔はなかった。

七

教如はいよいよ御堂《みどう》建立に着手した。『方四町』の土地の縄張りが始まった。

「教如、御影堂《ごえいどう》を建立するは良いが、中に安置する御影像は如何するのじゃ。お主が望めば、俺が隣から拝借してきてやってもよいが。無論、精巧に制作した偽像を替わりに設置して参ろうか」

教如は左様な悪事に加担はさせぬと、

「孫一郎、とんでもない申し出でござるな。後生故、向後は一切、左様な申し出は謂うてくれるな。憂慮せずとも、関東に有る寺から動座していただく次第と成った」

「やはり、左様か。同じ話を他所でも聞いたぞ」

背後から、急に声がして振り向くと、熊丸がにかっと笑って立っていた。

「熊丸、久しいの。先ほどの話を詳しく教えてくれ」

「まあその前に、関東とは『上野《こうずけ》の厩橋《うまやばし》』の『妙安寺《みょうあんじ》』に伝来する御真影《ごしんねい》で有るのか」

「左様である。親鸞聖人が関東より帰洛される折、妙安寺開祖の成然《じょうねん》に形見として与えたものとして伝えられていたそうな」

「やはり左様か。実は、『西』の本願寺でも、『我らの御真影の方が、由緒が新しきものになっている』と、妙安寺に懸け合って、『東』に動座いただくより、『西』の方が本家故、是非こちらにご動座願いたいと、お使者を立てて、談義に赴いたと聞いた」

「教如の方が、早く談義して、譲り受ける手配が整ったのであろう」

「如何にも。妙安寺の住持は、一度交わした約定を、簡単に反故にするような御仁ではない。『西』に譲る話は、談義が成らなかったのではござりませぬか」

熊丸は少し間をおいて、気を持たせてから答えた。

「如何にも。遠く離れた上野の厩橋にある妙安寺の住持は、さほどに信義に優れた御仁か。得難い人物と見える」

「まさしく。されど、受取に赴いたら、もはや他所に渡されたあとに成らぬように、幾度も折衝を行った御仁が赴いておるそうな」

教如がすぐに答えた。

「それは、粟津勝兵衛である。彼奴は、剣の腕は立つ。更に、人物は誠実で素朴。更に知略にも富む御仁ぞ。拙僧が格別に重用しておる側近と謂える地位である」

「左様、あの御仁なら、他所においそれと奪われる事体とは成るまい」

「予定では、いつ頃のご到着よ」

「しかとは分かり兼ねるが、慶長八年（一六〇三年）の正月の松の内には到着すると思われる」

「熊丸が、ここにおるとは、禁裏御用様が『下向して様子を探って参れ』と、ご指示があったのか」

孫一郎が、尋ねた。

「左様な事体であった。西方からは、何層倍かの銀子を用意したらどうかとか、妙安寺の寺格を上げては如何かとの話も出たように聞いた。されど、坊官の中に、左様に醜い動きをせぬとも、『こちらは本家格故、泰然と構えるべし』との声が上がった様子。さすが、大寺は、人物も多様な様であるな」

「如何にも」

孫一郎も同感であった。

かように、大騒動の末、正月三日に京都に御動座が相成った。

教如は早朝より落ち着かず、七条堀川に懸かる御堂の橋に出て出迎えた。門徒衆や僧侶衆も大勢の出迎えがあった。実質の教如の独立と謂える。

孫一郎も、宝徹として墨染めを纏い見届けた。

御真影が京都に到着するまでも、長い道程であった。諸々の手を借りて、時を越え、親鸞聖人の所縁の御真影が京都に還った。

教如と孫一郎の胸には、遥か十三歳からの道程が去来した。

八

本来の本願寺の卯（東）の方角に、広大な本願寺ができ上がった。

阿弥陀堂本堂も落成した。

短期の工事の末、念願の教如派の本願寺ができ上がった。

これまでに、近くは近畿や東海地方。遠くは、越後や越中、関東各地、九州や中国、四国の国々から大勢の民衆が、自己でやって来た。大木を己らが運び込み、泊まり込みで懸命に工事を敢行した。

細かな装飾までは手が廻らない部分も多々あった。

されど、我らの本願寺で有るという気概が本堂の端々まで満ちていた。

間近で、門徒衆の話し声がする。

「おぉ、大きな伽藍ができ上がったぞ」

「三河衆が瓦を焼いて、急ぎ持参されたそうな」

「鈍色に輝く瓦と、白木が瑞々しい柱の太さはどうじゃ。特に太い梁に使ってある柱は、越後の山中から伐り出したそうな。今年の冬は格別の寒さであった。吹雪や雪崩の被害に遭いながらも、決死の作業が続いたそうな」

「儂等のこの御堂には、何千、何万の血と汗が滲んでおる。大金を馳走すればことが足りる宗派とは、根本が違う」

「そうじゃ、本願寺に拘わりが有った衆はすべて、極楽往生が間違いなしじゃ。これが子々孫々と続くのだ。かような有難い宗派が他にあるか？　貴族や偉い様だけがお浄土を望んではおらぬ。日々の苦しい暮らしの中で、先に光明が見えれば、おらたちも、張りが違うぞ」

「そうさね、おらの嫁御は腹がでかくなってる。山で猟もしておるおら家は、爺様の頃までは、地獄行きが決まっておった。だが、おらの親父から、手次寺が真宗に替えただ。それからじゃ、親父様も婆様もおらも嫁御も嫁御の腹の子も、お浄土に還れる」

「良かったなぁ。俺等も同じよ。すべて親鸞聖人のお蔭よ。有難てぇなぁ。南無阿弥陀仏、南無阿弥陀仏」

「こんな目出てえ、本山はねえぞ。おらは、村から一人だけ『行ってきてくれ』と、普請の手伝いに来ただ」

「おらもそうだ。村のお大尽が取りまとめて、路銀を工面してくれた。落成するまで、手伝ってこいと、送り出されただ」

「おらたちは、村の半分の男衆だけが自己でやって来た。ちょうど百姓の仕事が落ち着いたで来た。ここは、極楽よ」

「人足仕事に来たが、雑炊が好きに食える。お大尽が仰山の米を馳走してくださったんだと。有難いなぁ」

貧しい者は貧しいなりに、富める者は富めるだけ、それぞれの限界までを馳走した。

それにより、朝日が昇れば眩しくて直には見られぬ大寺が完成した。

すぐ隣の本願寺と遜色のないこの寺院も、本願寺だった。民衆は、東にある本願寺として、『東本願寺』と呼んだ。

『東本願寺』は教如派の本山となった。

九

慶長八年十一月九日（一六〇三年十二月一日）の夕暮れ時。

境内では、大勢の人々が行き来をしていた。

東本願寺の堀や池、庭には、一年を通して花菖蒲や花水蓮、菊花等の季節の花々が植えられていた。

参拝の折、多数の老若男女が立ち止まって、美しい花々を愛でていく。

「あんさん、花の株はな、大きゅうなったら株分けしな、根腐れしまっせ。まぁ、念仏者も同じやおへんか？　本願寺さんも、うまいこと株分け（分派）しはりましたなぁ。日本《ひのもと》中に親鸞聖人の御法が根付いたやおへんか」

「ほんまになぁ。内部で諍いをしているように見せて、株分けしやはりました。他所からの口出しは、無用ってことでっしゃろ？　知恵者が、いやはりますのやろな。ひと頃、徳川さんは古狸やとのお声も多くありましたわな」

「いやいや、本願寺さんは、大名でいえば真田さんや。どっちが勝ってもお家を残すって謂う作戦やわ。聖人一流を称えはるだけあって、大したもんどすなぁ」

「うち処の爺様が謂うておられた。『儂は格別に働いて、田畑を増やした。けどなぁ、一番の自慢は、極楽往生よ。儂だけでなく、子孫も仏様に成ってお浄土に還るぞ。親鸞聖人のお蔭よ。南無阿弥陀仏、南無阿弥陀仏』ってな」

「ほんに、有難い御法よ」

よほど、耳が遠い者同士の会話のようだ。花を愛でながら話す声が、境内の大銀杏の傍らにいる孫一郎や教如にも聞こえてきた。

十

見上げれば、大銀杏の枝に止まっている黒鳩が、盛んにクゥ、クゥ、クゥと鳴いていた。

「おい、大銀杏の枝に黒鳩がいるぜ。教如に『また、放浪の旅に行きましょう』って、呼んでるぜ」

孫一郎は、黒鳩を見上げて微笑んだ。

「孫一郎、寛恕《かんじょ》してくだされ。明日は、阿弥陀堂の遷仏《せんぶつ》法要を勤めねばなりませぬ。まだ、旅に出る余裕は、ござらぬぞ。されど、落ち着きましたら、孫一郎と一緒の旅もいいですな。また、参りましょうか」

「わっはっは、儂はお前となら、天竺でも行ってやるぜ！」

驚いた黒鳩が、慌てて飛び去っていく。

しばらく孫一郎と教如が、声を合わせて笑った。

ひとしきり笑ったあとで孫一郎が、
ビュッ
と、指笛を鳴らした。

黒鳩が一羽、浜縁に目懸けて飛んできた。

「えっ！　鼯《むささび》か？」

教如が慌てて、後ずさった。

眼前には色白の、目が黒曜石の如く輝く小柄な女児が立っていた。

黒鳩と同じ色合いの、忍び装束を纏っていた。黙ったまま見つめる教如を尻目に、孫一郎が口を開いた。

「俺の可愛い孫娘だ。首里の末娘の千早《ちはや》だ。確か、お主の次男の『観如』殿と同年ぞ。驚いたか？」

「肝が潰れるかと思うたぞ。千早殿は真に可愛らしい童よ。忍び装束に見えるが、どうなっておるのじゃ？」

「その様子では、真に気づいておらぬようだの。千早、お主の勝ちじゃ。父への説得は爺に任せろ」

孫一郎が、勝手に孫娘と言葉と交わしている。遣り取りを聞いていて、やっと得心がいった。

「千早殿は、ずっと、拙僧等と共におったのか？　さすれば黒鳩に成って、飛んでおったのか？」

「格別な驚き様であるな。黒鳩は千早ぞ。鳩にしては、大きいと思わなんだのか？」

「確かに、少し大きな黒鳩だとは思うたが、お主が大陸から付いてきた鳩かもしれぬと謂うたではないか！　故に、日本《ひのもと》とは多少違うはずと思うたぞ」

「やはり、お主は人を疑う術を知らぬ。俺がおらぬようになったら如何にするつもりじゃ？」

「されど、拙僧が窮地に陥る度に、助けてくれたであろう」

「困っておった同朋を見捨ててはおれぬ。だが、向後お主は、寺を離れる事体には成らぬであろう。さすれば、俺の出場《でば》もなくなると謂う訳よ」

思いもしない返答を聞き、教如は己を見失った。

十一

「教如、雑賀衆も腕一本で、何十万石の大名家と同様の稼ぎをしておる。その要が俺だ」

教如は、左様な事実は昔から承知していた。

「だが、憂慮する事体が出来《しゅったい》した。一に、教如の長男の逝去の事実。長男の『尊如』殿は、教如が隠退し、苦悩の時期に逝去された。彼是謂っては、また精神が病んではと思い、申すは憚られた。その二は、千早が或る大名家から請われておる。姫様という柄ではないがの。されど、黙って座っておれば、あたかも京人形のようであろう」

「如何にも。かほどに可愛らしい女児を見たのは、初めてぞ」

「千早は、可愛らしいだけに非ず。格別に知恵が廻る。更に、忍びと鉄炮の技もかなりのものじゃ。かような女児はおるまい」

「如何にもじゃ」

「その千早が謂うのじゃ。『並みの大名家なら、妾でなくとも務まる。教如様に付いて廻って気付かれぬなら、技は上達しておる。ならば『観如』様の警固役が務まる。故に、向後は爺の代わりに、妾が本願寺を合力する』と。教如、どうじゃ」

パタパタと東山の方角に翔ぶ野鳥が、塒に帰っていく。

軽く旋廻をする野鳥は、またお逢いしましょうと、答えているようだった。

明日の行事を控え、坊官衆の姿が目立った。

忙しく立ち働く人々の顔は、どの顔もほころんでいた。

孫一郎と教如が無二の間柄である事実は、東本願寺の者ならば誰でも知っている。

波乱の道を歩んできた教如にとって、真の同朋が孫一郎と謂える。

教如が周囲に受け入れられずに苦しいとき、孫一郎は命懸けで守り通した。自分たちの親でさえ拒絶をしたときも、黙って寄り添ってきた。

その孫一郎が、孫娘を持ち出してきた。

十二

お互いの思いは、手に取るように分かる。

「千早殿であれば、観如を警固してくれるのか」

「千早ならやるぞ。観如殿を『鬼から守ってくれる』はずじゃ」

「何とな。鬼の仕業であったか……」

「左様。人は誰もが心に鬼がおる故。だが、千早は、その鬼たちと戦わずに勝つ技もある」

「それは何ぞ」

「それはな、千早の笑顔じゃ。見た者の誰もが救われる笑顔じゃ」

「孫一郎、左様な掌中の宝の如くの千早殿を、本願寺に預けても構わぬのか？」

二人の間に、しばしの時が流れる。

「構わぬ。……千早は俺の代わりに、本願寺を守る。ならば、離れていても安心しておれる」

「かような童を鬼のおる本願寺に託しても良いのか？」

「教如を見込んで託す故。教如のおる処が、すなわち極楽浄土に変わるのよ。かような次第に成れば、鬼の住処にはなるまいて」

孫一郎と教如の二人は、明日から別離の道を歩む。

孫一郎は、雑賀衆の軍師として、軍団を統べる地位がある。遠く大陸に航海し、貿易や陸戦や水戦に臨み、雑賀衆と家族を養わねばならない。雑賀衆も常に、楽土を求めている集団である。

教如は、本願寺の十二代門主で、東本願寺の初代としての地位がある。今後は、聖人一流の念仏三昧の生活が待っている。

二人の生業は、相容れぬものである。

十三

教如は、己の墨染めの袂の端で、そっと涙を拭った。

「それにな、千早が本願寺におれば、俺も様子を伺いに参る口実になる故。大手を振って、教如にも逢いに来るぞ」

孫一郎は、わざわざ孫娘に逢いに来るような輩ではない。長年同朋として、親兄弟より長期に亘って寝食を共にした仲だ。

孫一郎が思案する内容は、先の先まで分かっている。

「成るほどの。孫一郎は、さすがに策士よ。一石二鳥の方法を考えておったか。さすれば、拙僧も、孫一郎を案ずる必要がなくなるの」

「千早が、観如殿の警固役と遊び役も兼ねる。万々歳の謂う事なしとはかような件よの」

「左様。拙僧も火急な用事があれば、千早殿に文を認めてもらうぞ。さすれば、孫一郎は鳥になって、飛んでくるはずじゃ」

「おいおい、千早が黒鳩に成ったからと謂うて、俺は可愛げな黒鳩にはなれぬぞ」

「分かっておる。お主が可愛げな黒鳩とは、ひと言も申してはおらぬ。お主は、禿鷹よ。本願寺に害の為す者共を、突いて退治をしてくれた。本願寺にとっては、なくては成らぬ禿鷹様よ。孫一郎、感謝をいたす……」

今、このときが、最後の語らいであると互いに承知していた。

二人に多くの言葉は要らない。

同じ場所の、同じ風を感じていたいだけである。二人は並んで、頬に風を受けた。微かな風だが、痛く感じられる。

野鳥の去った境内で、大銀杏が夕日を受けて、黄金色《こがねいろ》に輝いている。

時おり風もないのに葉が揺れて、銀杏葉の良い香りがしてきた。

並ぶ二人の耳には、黒鳩のククゥ、ククゥと謂う声が聞こえてきた。千早の声なのか、本当に何処かで鳴いているのか。
二人には、笑い声のように、いつまでも響いていた。

了

註／この作品はフィクションです。実在の人物や団体などとは関係ありません。

参考文献（順不同、敬称略）

『真宗聖典』（真宗大谷派宗務所出版部）
『教如上人と東本願創立　本願寺の東西分派』教学研究所編（東本願寺出版部）
『教如　東本願寺への道』大桑斉（法藏館）
『教如流転　戦国新発掘　東本願寺開祖の不屈』宮部一三（叢文社）
『岐阜の教如上人』真宗大谷派　岐阜教区出版委員会（真宗大谷派岐阜教務所）
『第三十六回長浜教区同朋大会記録集　教如上人が願われたこと～本願寺創立の本意』
　上場顯雄（講述）（長浜教区教化委員会）
『まんが教如さん　本願寺物語』今西精二作、上場顯雄監修（難波別院）
『本願寺教如の研究　上巻、下巻』小泉義博（法藏館）
『真宗の教えと宗門の歩み』真宗大谷派宗務所編（真宗大谷派宗務所出版部）
『顕如　信長も恐れた「本願寺」宗主の実像』金龍静、木越祐馨（宮帯出版社）
『本山指定推進員養成講座　自分再発見―私ってなんだろう？』宮戸道雄（講述）
　（真宗大谷派大垣教区第六組教化委員会）
『真宗門徒になるための本』真宗大谷派大垣教区同朋会運動三十周年記念出版部編
　（真宗大谷派大垣教務所）

『本願寺教団と中近世社会』草野顕之（法藏館）
『戦国期本願寺教団史の研究』草野顕之（法藏館）
『二〇一八安居次講「改邪鈔」史考』草野顕之（東本願寺出版）
『真宗教団の地域と歴史』草野顕之（清文堂）
『仏教ハンドブック』大谷派児童教化連盟編（東本願寺出版）
『親鸞伝絵を読む』藤岡正英（探求社）
『親鸞さまのみ教え』湯浅成幸（東本願寺出版部）
『知識ゼロからの親鸞入門』本多弘之監修（幻冬舎）
『冨樫氏と加賀一向一揆史料』舘残翁著・山階杏亭／野口正善校訂（石川史書刊行会）
『親鸞　救いの言葉』宮下真著・山崎龍明監修（永岡書店）
『ほとけはほどけ　もう迷わない〞あるがまま〝の生き方』竹中悟（幻冬舎ルネッサンス）
『真宗入門　難異抄のこころ』廣瀬杲（真宗大谷派宗務所出版部）
『上善明寺本堂落慶記念法話集』廣瀬杲（講述）善明寺編（岐阜善明寺）
『現代の聖典』教学研究所編（東本願寺出版部）
『加賀一向一揆―鳥越城とともに終焉―』西田谷功（北國新聞社）
『戦国の北陸動乱と城郭』佐伯哲也（戎光祥出版）
『本願寺顕如　信長が宿敵』鈴木輝一郎（学陽書房）
『戦国時代と一向一揆』竹間芳明著・日本史史料研究会監修（文学通信）

『石山合戦を読み直す　軍記で読み解く日本史』塩谷菊美（法藏館）
『顕如　仏法再興の志を励まれ候べく候』神田千里（ミネルヴァ書房）
『本願寺はなぜ東西に分裂したのか』武田鏡村（扶桑社）
『戦国と宗教』神田千里（岩波書店）
『戦況図解　信長戦記』小和田哲男監修（三栄）
『信長公記　地図と読む現代語訳』太田牛一著・中川太古訳（ＫＡＤＯＫＡＷＡ）
『信長と石山合戦　中世の信仰と一揆』神田千里（吉川弘文館）
『ＮＨＫ歴史番組を斬る！』鈴木眞哉（洋泉社）
『戦国15大合戦の真相　武将たちはどう戦ったか』鈴木眞哉（平凡社）
『戦国鉄砲・傭兵隊　天下人に逆らった紀州雑賀衆』鈴木眞哉（平凡社）
『全国版　戦国時代人物事典』歴史群像編集部編（学研）
『眠れなくなるほど面白い　孫子の兵法』島崎晋（日本文芸社）
『教如上人四百回忌法要記念　教如上人　東本願寺を開かれた御生涯』教如上人展監修会議編（真宗大谷派宗務所出版部）
『御所ことば』井之口有一・堀井令以知（雄山閣）
『超ビジュアル！　日本の歴史大事典』矢部健太郎監修（西東社）
『旧国名でみる日本地図帳　お国アトラス』（平凡社）
『詳説　日本史図録　第八版』（山川出版社）

『新設　戦乱の日本史35　加賀一向一揆　一四七四～一五八〇年』（小学館）
『別冊太陽　工芸王国　金沢・能登・加賀の旅』（平凡社）
『自然人　北陸の自然風景写真』（橋本確文堂）
『戦国大名家全史』（スタンダーズ）
『歴史人　江戸三百藩　最強ランキング』（ＮＨＫベストセラーズ）
『歴史道　戦国合戦の作法と舞台裏』（朝日新聞出版）
『現代スペシャル　親鸞とは何か「７５０回大遠忌」記念企画』（講談社）
『顕如・教如と一向一揆―信長・秀吉・本願寺』長浜市長浜城歴史博物館編（長浜市長浜城歴史博物館）
『仁王の本願』赤神諒（角川書店）
『真宗　傳法始末　第二巻』（国立国会図書館蔵）
『第五回企画展図録　土手組《どろてぐみ》と教如～もう一つの関ヶ原合戦～』（ハートピア安八歴史民俗資料館）
『教如上人遭難顚末　全』桑原博愛
『教如上人四〇〇回忌記念　飛騨と教如上人』特別展　飛騨と教如上人実行委員会編集会議
（真宗大谷派高山別院照蓮寺）

【著者紹介】

宝照　侑（ほうしょう　ゆう）

1959年岐阜県に生まれる。
岐阜大学大学院卒業。全国教育実践論文にて、文部科学大臣賞受賞。
『あなたへ——ゼロから会社を立ち上げた夫婦の物語』幻冬舎刊（常川泰子氏と共著）

真宗大谷派大垣教区第六組明徳寺同朋会推進員、門徒会役員として現在に至る。

雑賀《さいか》孫一郎《まごいちろう》と教如《きようによ》　——本願寺東西分派《ほんがんじとうざいぶんぱ》

2023年9月　7日　第1刷発行
2024年6月30日　第2刷発行

著　者 — 宝照《ほうしよう》　侑《ゆう》

発行者 — 佐藤　聡

発行所 — 株式会社 郁朋社《いくほうしや》

〒101-0061　東京都千代田区神田三崎町2-20-4
電　話　03（3234）8923（代表）
ＦＡＸ　03（3234）3948
振　替　00160-5-100328

印刷·製本 — 日本ハイコム株式会社

落丁、乱丁本はお取り替え致します。

郁朋社ホームページアドレス　http://www.ikuhousha.com
この本に関するご意見・ご感想をメールでお寄せいただく際は、
comment@ikuhousha.com　までお願い致します。

　ISBN978-4-87302-796-8 C0093